茵波梦影

在莱茵河
拐弯儿的地方

梁东方 著

花山文艺出版社
河北·石家庄

图书在版编目（CIP）数据

茵波梦影:在莱茵河拐弯儿的地方 / 梁东方著.
—石家庄:花山文艺出版社, 2020.1（2023.6 重印）
 ISBN 978-7-5511-4802-3

Ⅰ.①茵… Ⅱ.①梁… Ⅲ.①散文集—中国—当代 Ⅳ.①I267

中国版本图书馆CIP数据核字(2019)第150711号

书　　名	茵波梦影：在莱茵河拐弯儿的地方
	YINBOMENGYING ZAI LAIYINHE GUAIWANER DE DIFANG
著　　者	梁东方
责任编辑	王李子
责任校对	贺　进
封面设计	李关栋
美术编辑	陈　淼
出版发行	花山文艺出版社（邮政编码：050061）
	（河北省石家庄市友谊北大街330号）
销售热线	0311-88643217/96/99
印　　刷	北京一鑫印务有限责任公司
经　　销	新华书店
开　　本	880×1230　1/32
印　　张	7.875
字　　数	160千字
版　　次	2020年1月第1版
	2023年6月第2次印刷
书　　号	ISBN 978-7-5511-4802-3
定　　价	48.00元

（版权所有　翻印必究·印装有误　负责调换）

约翰、汤姆和身体性以及跨文化交流

□ 老 哲

一

多年之后,和梁天明见面,约在巴黎先贤祠的广场上。我提前到了,坐在路边的长椅上,六月的阳光很强,但气温并不高,晒太阳算得上一种享受,在欧洲人看起来,甚至是莫大的享受。我的身体沐浴在温暖的阳光下很舒服,这让我很容易接受晒太阳的观念。上次见他,是七八年前,高中毕业生,个子已经很高很高,但身子单薄,一张娃娃脸,易害羞,不与人对视。一晃快十年了,一直在巴黎,从预科读起,如今硕士毕业,今天是交论文的日子。见一名身穿牛仔服的亚洲面孔的年轻人,从我身旁迈着大步经过,走到接近台阶的地方掏出手机,我的手机响了,我朝他走了过去。接近一米九的身高,非常健壮,孔武有力,却仍是一张娃娃脸。天明是老友梁东方的儿子,三十多年前,我和东方在同一所大学读研,那时候我们还都不到眼前这孩子的年纪。一开口说话,立刻惊到了我,声音、语气、语调与其父神似,令我有穿越时空的幻觉。2003年春天,正是北京非典闹得最凶之时,十二岁正读小学的梁天明,跟随其父母在德国与瑞士接壤的小城巴特塞京根度过了一年时光,东方的这本书——《茵波梦影——莱茵河拐弯儿的地方》,就是对于那段往事的一个回想。那时,出国特别是比较长时期地在国外居住,还是颇为难得的,举家出国,更为罕见。十六年的时光,把一个十二岁的安静而贪玩儿的小学男生,变成了我面前这个壮硕的青年,望着他虎虎而有生气的面孔,我一时感慨良多。我和东方都是志在写作之人,既然那段生活阅历,包含了他如此众多的人生第一,必有文字留下佐证。阅读东方的这部书稿,如听老友倾心而谈,恰好我身在柏林,在欧洲住了九个多月后,对于他书中所写的种种,有不少自己的观察和体会,承蒙他邀序于我,不拘形式,仅将读后所感写在这里,跟东方做一个纸上的交流,也愿与这部书的读者分享我的感受。

二

学英语的人,通常在老师的建议下,会给自己起一个英语名字。读研的时候,东方叫约翰,我叫汤姆,还开玩笑说,我们是美国老乡。为什么选择了这名字,只是一种模糊的感觉,对我而言,JOHN这个发音,高大严肃,沉闷正直,传教士一般,东方留着黄红的络腮胡子一言不发时,正符合我的这个想象。TOM则很平民,很随意通俗很美国很惠特曼,这是我对于年轻时自己的一个预期。其实,JOHN和TOM合在一起,才是我们真正想要的,那就是在区隔大学所在的地方性文化的浸染,我们并不来自这里,我们想标榜自己的异类。当一个人想抵御某种来自外部环境的压力而感觉到势单力薄,能跟朋友一起,立刻觉得强大无比。我们形影不离,志同道合,我们一起取笑那些我们看不起的人和事,读相同的书，吃同样的饭菜，推崇同样的文化英雄，在很多问题上有共同的判断和价值取向；用古人的话说，叫同声相应，同气相求。假如没有朋友，人如何得以度过青春岁月的艰难与黑暗呢？

人的长相得自于先天，美丑妍媸，自古而然。对女人而言，更有天壤之别，自己颜值几何，人人心知肚明，哪里有平等可言。男人虽然选项更多，但感情际遇同样离不开外表。JOHN身材高大，粗犷中不乏细腻，颇受女生青睐，在恋爱中自然一帆风顺。三十八时对着德国的镜子说我很丑，虽然参照系是鼻隆目深的日耳曼汉子，还是让我觉得匪夷所思。很多男人在婚后发福，然后朝着这个方向不断前行，最后就不可收拾了。也许正是这种"我很丑"的意识，阻止了他的这个惯常趋势。东方2006年第二次去德国，为期一年，回国后我去见他，身体瘦了一圈，目光如炬，这一烙印至今未消除。在面孔表情上，在目光里，那已成为一种永久性的痕迹。

不过人在年轻的时候，往往忽略相貌以外的身体要素，无论是自己的身体，还是他人的身体。仿佛我们没有一个固定的身体，而仅仅是一个变幻莫测的自我意识，或者某种感受和思想共同体。发现身体是一个漫长的发现自我的过程，沉重的肉身是早已决定了的，人的自我意识不过是被决定者。东方对于乘飞机旅行感到的那种他自己无法控制的恐惧，我完全不懂，如果没有这样的一个朋友，我还以为没有人会这么不可理喻。正是它，使我意识到我们每一个人都是一个身体，身体决定了你的意识。五十岁之后，我们之间的差异似乎越来越大，他是敏感性体质，每年夏秋季节的气温变化，会让他的过敏性鼻炎难以承受，令我简直无法想象。年轻时的烟酒不沾，看起来主要是身体的选择，而非意识的自主。二十几岁时我们喜欢一同骑自行车漫游,每次骑到湖边,他总是在湖边等我,我到湖水里畅游一番后我们再一起回到学校。我的游泳爱好最近十年发展成了每天游三千米,东方却一直没有游泳的习惯。在德国生活了一年,用一本书的篇幅写德国的生活,却几乎不提啤酒,那是因为他几乎就不喝。容易被忽略的是,我们的写作,同样来自于我们的身体的观察和感受,而个体之间,体质上的差异如此巨大,我觉得甚至比不同文化之间的差异还要大,或者不如说更难以化解。比如,我可以想象,一个不熟悉不喜欢德国生活方式的人,读了东方的这本书之后改变了自己的想法,变得很喜欢德国,这非常有可能。但是我无法想象,有一天我的这位老友能和我一样欣赏德国啤酒,或者和我一样怀着十分轻松的心情乘飞机旅行。我能够分享他对于《荒原狼》的作者黑塞的那种巨大的热情,但却不能体验气温的骤降给他的鼻子带来的麻烦。

三

宗教的衰落,是我们这个世界相当普遍的社会现象,无论东方还是西方,所有的宗教,全部都在迅速衰落,我想我的这个判断是有充分依据的。从包围着梵蒂冈的罗马,到塞纳河贯穿的巴黎,美茵河畔的法兰克福,遍布欧洲城乡的各种教堂,罗曼式,哥特式,君士坦丁堡穹顶式,总是矗立在人群聚落的中心,教堂的门永远敞开着,供人参观。在欧洲的这九个月里,我进过不计其数的教堂,听过音乐会,无伴奏合唱,管风琴独奏,听过神父的布道,也目睹过陌生人的婚礼,在巴黎,我还应邀参加了朋友之女的受洗。教堂无疑是欧洲的深厚的文化传统，但它的确衰落了。而取代宗教的，是那声名煊赫永远都需要预约和排长队才能进入的博物馆、美术馆：卢浮宫、奥赛、蓬皮杜、乌菲齐、斯泰德。西斯廷小教堂永远济济一堂，并非因为这里是选举和产生罗马教皇之圣地，而是为了米开朗琪罗的天顶壁画。艺术和艺术家，是我们这个人文主义时代的文化英雄，但丁、莎士比亚、歌德、达·芬奇、毕加索、杜尚，他们的创作和生平，受到全世界的关注。我和东方这一代人，至少对我而言，最早是从《傅雷家书》里听说这些名字的，用盒式磁带和录音机听贝多芬、柴可夫斯基、肖邦是我们的艺术启蒙。艺术和艺术家告诉我们的最重要的概念，就是个人。艺术教育的核心，就是让一个人成为个人，你必须有勇气有毅力成为你自己，然后你才能真正欣赏和懂得艺术的美妙。假如我把这一个人的成人之路比作朝圣之路，那么，绝大部分的人早已放弃，少数的独行者，脚步也越来越艰难，前途似乎越来越渺茫。

最能帮助我们走下去的，让我们在无尽的探索中获得不竭助力的，是家庭。"海内风尘诸弟隔，天涯涕泪一身遥"，在古人那里，是大家庭，对于今天的人类而言，就是核心家庭，通常就是我们自己和我们的父母，我们自己和我们的独生子女。

家庭是个人感官和眼界的延伸，也是我们每一个个人最常使用的镜子。我们与妻子儿女朝夕相处，我们不仅用自己的眼睛看世界，也同时用他们的眼睛看世界，看自己。东方这本书的可贵之处，正在于写的是一家三口在德国小城巴特塞京根的生活，虽然视角和叙事是第一人称单数，但事实上很多的感受和观察，是包含了妻子与儿子的作为在内的。我印象最深的一个细节是，火车站购票机吞了银行卡不吐出来，急中生智的邓小红，用瑞士军刀上自带的镊子把它夹出来，那干练泼辣的作风，与沉湎于对德国铁路系统作知性评价的梁东方，截然不同。作为一个男人，东方跟自己的父亲和自己的儿子关系极好，融洽到令人羡慕和嫉妒的程度。在他的很多文字里，用了极端细腻的笔描写双重父子关系，而且总写得情意绵绵，令人感动。无论在文学作品里，还是现实生活中，父子冲突，都是极为常见的题材，从古希腊的俄狄浦斯悲剧，到陀思妥耶夫斯基的《卡拉马佐夫兄弟》，令人唏嘘。

曾经和梁天明在巴黎郊区骑行一整天，除了说话的音色语调跟梁东方酷似之外，他的体质也有不少得自其父亲的遗传基因。中午吃饭时不喝啤酒，到下午身体劳累之后，过敏性鼻炎便稍有发作。最让我感叹的，还是他的文化认同，是那种无可置疑的对于中国文化的归属感。一个十一岁起陆续在德国上过小学、高中，从二十岁起就在巴黎接受完整高等教育，英、法、德语交流阅读都没有障碍的人，仍然毫不怀疑自己是一个地道的中国人。

我们曾一边骑行一边讨论文化认同的问题，我记得自己说过，奈保尔始终无法认同英国文化，他也不知道有没有一种特立尼达和多巴哥文化，供他去比较和选择；我们跟他的不同大概在于，中国文化是一种庞大而久远的存在，掌握多少虽然因人而异，但它的高深复杂程度，足可与西方文化抗衡。以中国人的聪明才智，我们决不是只固守自己旧有的东西，而是很有希望兼得中西之长。我寄望于天明这一代在海外留学的中国的年轻人。

四

八月的一个周末,骑车去柏林大米格尔湖游泳,沿施普雷河,穿行在森林里。在柏林搬了三次家,不同区域间熟悉的道路,逐渐可以连成片了,城市中的森林之多,实在令人惊叹。高大的松树,秀丽的白桦,年深月久的法桐,还有许多叫不出名字的树,遮天蔽日,郁郁葱葱,即使横倒于地上的枯木巨树,也听任其保持原样,没有人为的痕迹。一条林间的土路把我带到了湖边,林中的草坪向湖面敞开着,草坪上是地席,席上是全裸的泳者。有父母带着儿女来的,父母皆裸,十几岁的孩子们却穿着泳装。

听说过德国的裸体文化,第一次亲眼所见,我其实不过是想找一个游泳下水之处。泳裤在家已经提前穿好,脱掉外裤就下水去了。一口气游出去,约莫半小时到了湖心,水温有些凉,但不算太冷,阳光非常好,湖面上波光潋滟,游回岸上之后,把自己的地席铺开,泡了一杯热茶。一名裸泳女上岸,距离我不远,面向我而立,跟两个穿泳裤的男人聊天,非常大方若无其事,身上水珠儿往下淌着。我没有吃惊,因为我的近旁,有两个男人在赤裸裸晒太阳,已经好久了,还有一名大胖裸女在读一本书,身体厚得如墙一般。我饮茶之际,又有几名全裸的男女,手牵着手下湖去了。

我第二次游完泳上来,脱掉湿的泳裤,原先打算拿衬衣围在腰间,置身在这个环境里,显得有点多余,我就省了这个工序,很从容地擦干身体,换上衣裤。这能算是裸过了吗?我这样问自己。

后来在不是湖边的草坪上,也见过很多次裸晒之男女,有穿泳装三点式的,也有全裸的。柏林的纬度相当于中国的漠河,盛夏没有炎热，格外珍惜阳光，想晒遍全身，于是就脱掉了所有的衣裤。日光浴，这三个字，我觉得比较能说明裸晒的缘起。

德国文化推崇自然，人的自然状态其实就是赤裸裸的，返璞归真，善莫大焉。很多人不戴泳镜，在水中睁着眼睛游泳，游泳馆允许不戴泳帽游泳；我还看到一些赤脚骑行者，却戴着头盔（为了安全）。中国有句古语，慢藏诲盗，冶容诲淫，越是遮掩，越激发偷窥的欲望。中国网络文化中的一些词，非常耐人寻味，从袭胸到走光，春光乍泄，从过去的偷窥女厕所，到现在的地铁上偷拍裙底，实在不敢恭维，根源在于人的想法。而人的想法背后，却是文化观念和语境。

黄檗断际禅师曾说："凡人多为境碍心，事碍理，常欲逃境以安心，屏事以存理；不知乃是心碍境，理碍事。但令心空境自空，但令理寂事自寂，勿倒用也。"

以我之见，文化和语境，就是禅师所说的那个心和理，人类共同的生活，则是所谓境和事。我们所有的人，都喜欢温暖的阳光，清新的空气，干净无污染的水，喜欢在森林里漫步听鸟语嗅花香，爱好和平，希望骨肉团聚，夫妻和睦，享受天伦之乐。正由于这超乎文化和语境之上的"境"和"事"，那个有差别的"心"和"理"，才能够被翻译和被理解，也是在这个意义上，一切他乡皆故乡。

我从北京来到柏林，来到罗马和巴黎，我所见所闻，与北京的种种，既不同又不异。东方在这本书中所要说的，也正是这样的道理和感受。

2019年9月3日星期二写于柏林

目 录

Contents

一个叫作巴特塞京根的地方 / 001
巴特塞京根之夜 / 001
教堂 / 006
傍晚的时候，我们坐在莱茵河拐弯的地方 / 012
走在巴特塞京根的郊外：对于家的想象 / 013
黑森林里的一个山顶湖 / 017
EGG，叫作鸡蛋的山 / 022
WEHR：莱茵河谷地中的森林小镇 / 032
从WEHR走回来 / 039
德国的门 / 047
狂欢节游行 / 050
几个孩子 / 057
一包糖豆 / 063

在德国参加家长会的两封信 / 067

捡家具 / 078

老教授 / 084

超市购物的一个波澜 / 095

巴特塞京根速写：拄双拐的人及其他 / 099

离开电视 / 114

我很丑 / 116

亚洲人的表情 / 118

离开 / 123

全新的旅行 / 130

坐飞机 / 130

时差 / 135

第一次在德国坐火车 / 137

关于康斯坦斯的两封信 / 142

莱茵河边的小城 / 160

瓦尔茨胡特附近的莱茵河岸之行 / 167

往返海德堡的路上 / 170

斯特拉斯堡之行 / 179

斯图加特 / 194

站到了国外的回望 / 200
从德国回望到的香椿时节 / 200
幻想与真实：走出国门以后的比较 / 203
德国的大年初一 / 207
在德国的春天里回忆春天 / 210
在德国回忆出来的孔庙 / 212

篇外篇 / 217
德国人的SICHER / 217
追踪黑塞的足迹 / 222

跋 / 234

一个叫作巴特塞京根的地方

巴特塞京根之夜

夜的街市里阒无人迹。灯火通明的橱窗里琳琅满目,形形色色的衣服、书籍、电器、美食,隔着一层干净得仿佛并不存在的钢化玻璃熠熠生辉。父子两个人走上这样的街道,自己的脚步在铺着几百年的石头的路面上奏响的声音几乎让自己都有了恐怖的感觉。

声音从脚下出发,直接撞击到了对面的灯柱上,灯柱马上就又传给了纪念那里曾经有过的莱茵河的一条分岔的石雕;分岔石雕毫不犹豫地把它放大了好几倍以后传到了我们身后的十字路口上。

那个十字路口,一个方向是瑞士的巴塞尔,一个方向是莱茵河上游的波登湖,一个方向是莽莽的黑森林,一个方向是高高耸峙的巴特塞京根双塔教堂。声音在这样的地方一下就获得了自由,向着四面八方迅跑,远远的,是它们加速的声音,是它们纷纷撞了墙的声音,是它们撞在墙上的不同部位而发出的不同音阶。

茵波梦影　在莱茵河拐弯儿的地方

一个叫作巴特塞京根的地方

巴特塞京根古城全貌

只要自己停住自己的脚步，就可以细细地分辨它们，分辨它们在白天、在国内一向被忽视的存在。在异国他乡的一座始终都能听见自己的脚步声、能听见自己的脚步声的回声的城市里漫步，奇异而新鲜。

夜的巴特塞京根，刚刚晚上八点就已经仿如深夜了。傍晚时候在超级市场门口的小广场上练滑板的男孩子和坐在一边看的女孩子，早就都回家去了。下班的人也都已经赶到了合家围坐的餐桌旁，每个人都回到了属于自己的私人空间里；所有的公共空间都失去了生命的气息。

德国人没有夜里出来逛街的习惯，德国的商场、店铺也没有过了晚上七点还开着门的现象；那是要工人加班的，而加班费是没有几家商场能付得起的。因为即使整夜开着门也卖不了多少东西，没有人哪里有销售额。

在没有人的街道上，我们好像走进了什么传说中的秘密武器只将人消灭而不毁坏建筑的现场。面对一种整整齐齐灯火辉煌的"劫后余生"，作为来自人口大国的国民，心中的异样是不言而喻的。

不过细心点的话，还是可以看见人的。就在那曲曲弯弯的小街上的一家挨着一家的咖啡馆里，不是有点点的烛光吗。仔细看，烛光由下而上映照着的不就是一男一女两张年轻的脸吗。他们光滑的下巴在摇曳的烛光里显得光与影的界限特别分明，那种分明构成了一种恰到好处地隐藏在自己深深的眼窝里的内容的气氛，那是一种深邃的、仿佛有什么特别内容的气氛。

他们的桌子上一人一个杯子，杯子里可能是咖啡，可能是啤酒，也可能只是一杯水。这一杯咖啡或者一杯啤酒、一杯水，就能使他们有资格占据这样临街的一张桌子，而且一坐就是一晚上。没有劝酒，更没有酒令，甚至没有下酒菜。这是他们的夜生活，是我们的城市里的吧们、馆儿们进行了喧嚣的模拟和拷贝的范本。而沿着这条弯弯曲曲的范本之街，几步就走到了莱茵河上。

莱茵河上的四百多年的木制廊桥和四百多年的木制廊桥下的滚滚不息的流水，都在灯光的辉映下；像国内的城市搞的灯光工程一样，这些灯光也是出于照明和美观两种考虑的。走过木桥正中间的白线，就算进入瑞士了。不管是德国还是瑞士，边界上都没有一个人，没有行人，也没有岗哨。即使是白天，这里也是自由出入的，何况是夜晚。跨越国界只是跨过了我们内心里的一种人为的设置。

坐在瑞士一侧的桥头长椅上，回看巴特塞京根，是一片光与影里的静谧：教堂和街道，木桥和粼粼的河水，河边上被装饰光映亮了一个角的古堡，还有一尘不染的天空，天空上繁多的星星，星星边上无声地眨着眼睛划过去的飞行器。一切都伫立在沉默里，都似乎是坐在火车、公共汽车车厢里的乘客们，大家都有礼貌地沉默着。

也有一些顽皮的家伙打破这种沉默。那是河里的野鸭做了一次短暂的飞行，从下游起飞，向着上游努力扇动着翅膀；十几米的距离，哗啦啦地响着，它掀起了一条线状的波浪。配合着它的轻举妄动，空中也响起了几声嘎嘎的鸟鸣，几只夜飞的鸟儿在从下而上的灯光照耀下，怪异地将身子底下显示得一清二楚地掠了过去。然后，一切又归于沉寂。流水在巨大的石头桥墩上温柔而持久地抚摸着，算是这安静的世界里唯一的灵动。

破例很安静地和我坐在长椅上的儿子仰着头说："星星眨眼实际上也是有声音的，你听！"

我听。

看着儿子说话的时候哈出的白气在逐渐消散，等它们散尽，等它们和夜鸟落枝的声音一起归于安静。当再没有什么阻隔的时候，那星星眨眼的声音似乎就真的传到了我的耳鼓。那声音使容纳了我们的这遥远的异国小镇的夜晚，仿佛另一个世界一般地，不真实。

教　堂

在巴特塞京根郊外的骑行，有时候会遇阻。因为有些公路路段上没有给行人和自行车留出空间来，走着走着就没有自行车专用道了，也不再允许自行车上路。这样的问题在国内的时候完全不是问题，有汽车走的地方就有自行车走的，自行车比汽车体积小多了，占地面积也小多了。但是在德国这是一个不容置疑的原则问题，任何一个开车的人都不会认为汽车专用路上会出现自行车，所以绝对没有防范和预料，会置贸然上路的骑车人于极度危险之境。

所以，一旦有了这样的情况，就要赶紧离开道路，想办法绕过去，绕到有自行车道的地方去。

这一天选择的一个方向，就遇到了这个问题。沿着莱茵河上行，走出去十几公里以后，公路边的自行车道开始远远地离开公路，深入到莱茵河边或者村镇之中，后来干脆突然消失了，让你再也前进不得，只能放弃骑车去沙夫豪森瀑布的打算，踏上返回的路。

到家以后门上贴着条子，妻子领着儿子出门去了。放下车子重新出来，慢慢地走到了那宏伟的双塔教堂门前。这座矗立在莱茵河边的白色双塔教堂，是巴特塞京根最具代表性的建筑，它和通往瑞士的木质廊桥以及莱茵河边公园里的石雕"吹喇叭的人"一起，构成了本城的三个标志性符号。

教堂前的广场地面上，铺着密集的十五厘米见方的石柱，非常稳固结实。周围的饭店和商店的户外桌椅都严格限制在自家门前的一个小范围内，保持着教堂广场的宽阔和庄严。

白天的时候，这里永远不乏充满了闲情逸致的人，间或驻足仰望和低头徘徊，或者坐在靠墙的长椅上；那是人们不约而同的选择。好像这里是生活的一个逗号，不仅可以进到教堂里面去以宗教的名义歇息，更可以在教堂广场上享受时光本身的静谧。

德国乃至整个欧洲，每个人类聚居区的中心，通常都有一个教堂广场作为节日和一般的公共活动场所。所以教堂也就成了城市和村镇的中心，人们有什么事情都很自然地凑到了教堂广场上。这是一个自古而今的传统。在一个没有什么党派团体没有什么单位和组织对个人进行联系和管理的社会里，公共生活里的一切，除了法律规范和兴趣协会组织之外，就是这种人人可来，也可不来的教堂广场上的聚集了。

这种聚集，在当代社会中使教堂广场拥有了极高的商业价值。

高高的教堂总是最能吸引外来人的目光，脚步奔着这最高的建筑而来，固然可以进入教堂里面，但是那里面毕竟是不能大声喧哗的禁地，外面有阳光，有自由的空间，还是要更吸引人一些。

这样，一个地方的教堂广场也就成了一个地方游览和休息的中心。无论是斯特拉斯堡的大教堂，还是海德堡教堂，无不如此。桌子椅子摆一片，人们围桌而坐，目光观察着周围的角角落落和每一个走过与驻足的人，喝着桌子上通常都不会很多的饮料，吃着同样不多的点心，一坐就是几个小时甚至一天。这种景象本身也就成了欧洲风情的典型之一种。

来德国之前，在自己的生命经历中从来没有与教堂打过什么交道，没有进过教堂，见过的教堂也非常有限。教堂，这种在外国电影、外国小说里屡屡被提到的，和人类精神有关，而和人类的遮风避雨的房屋实际用途无关的建筑；这种充满了神秘感和神圣感的高大尖锐的殿堂，抬脚初入之时，尽管看到了德国人因为过于熟练而显得有些不很敬畏的开门进入和关门走出的身手步伐，但也还是有些蹑手蹑脚、心惊胆战的意思。刚刚走进来，幽暗不明的雕梁画栋之间，一排排整齐的座椅所形成的规则的影子，还有那缭绕的蜡烛味道，陈旧的纸页的味道，都让人格外小心。

教堂里这种与精神紧密相关的人类建筑氛围，气场强大，让人瞬间就安静了下来。能在一间非常有限的屋子里营造出空旷和高远的气氛，这是人类建筑学上的里程碑式的标本。到了今天，到了现在，自己才终于有缘体会一下。

在后面的一排座椅上坐下，在小本子上记下头脑里闪现的念头。慢慢地适应了教堂里的气氛，可以细看周围的一切了。无所不在的雕像与壁画环绕下，这是在闹市中永远安静的一个角落，是人人都必须节制的一个地方。这种安静和节制让人平静，让人坦然。

教堂里人不多，有人默默地祷告，有人往投币箱里放了五毛钱硬币以后拿了蜡烛点上，低头默念着；有一个矮小的女人，似乎绕着整个教堂每个地方都要去拜一拜。她是一个笃信者还是一个正在遭受磨难的人？等走到自己身边的时候才搞清楚，她是个清洁工，在逐一进行着虔敬的清扫。或者她本身并非职业的清洁工，而是以这种清洁的方式在表达自己的宗教情感。这里是人们心灵最后的安慰处，是每一个在挣扎中的人在最无望的时候的心灵休整之地。在上帝的直接庇护下，每个城市、每个人居之地，都有这样一块近在身边的净土；是人们貌似虚幻而却又可以抵达的家园。

我们的生活里，庙宇似乎也可以类比这样的精神活动场所、这样的心灵归宿地。但是，教堂建在人的聚居地，庙宇建在人迹罕至的地方；教堂是入世的，庙宇是出世的。教堂让现世的人遵守秩序，庙宇让来世的景象进入人们的寄托。

它们都是建立在人类信仰基础上的建筑，都曾经是人类在自然环境很原始的时代就已经开始竖立起来的非实用性的美的建筑。它们都是将信仰物化的场所，都是将理念外在化的地方……当然庙宇和周围的人居之间的关系，尤其是和周围的人们的关系与教堂明显不同。教堂专一在人类聚集之地的位置，还有礼拜日的宗教程序，让它在人们的生活里不可或缺。

我作为异质文化的外来者，骤然置身在这样的场合里，在新

鲜之余，感受到的更多的是进入到全新的文化氛围里去的时候的目不暇给，和因为自然而来的对比所产生的思绪万千。

在这样的社会结构里，教堂使人非常直观地拥有了一个最后的遁逃薮。一时回不了家，你可以来教堂；到了陌生的地方，举

从瑞士回望巴特塞京根

目无亲,可以去教堂;哪怕是露宿找不到地方,也可以安心地躺卧在教堂的门下……

不论身心,教堂都可以成为你最终的依靠。正是这种可以最终依靠的好感觉,使人觉到了温馨与诚挚。

傍晚的时候，我们坐在莱茵河拐弯的地方

野鸭沿着河岸不紧不慢地巡游着，任何在浅水区被发现的鱼虾都会被它们迫不及待地探头入水，叼在嘴里，吞下肚去；"春江水暖鸭先知"之鸭，非此莫属矣。

河水滚滚，逝者如斯。这种感觉没有产生在孔子的曲阜，而产生在德国南方的小镇巴特塞京根。孔子的曲阜已经少了逝水，也就少了子在川上曰的感怀，中国古代诗歌和文章里关于自然的描绘，在这个星球上如果说还有那么一点点遗迹的话，也只存在于依然有良好的自然地理风貌的地方了。

这个黄昏，和妻子坐在莱茵河拐弯的地方，面对清凉清凉的河水，感受着河边大大小小、高高矮矮的树木在初春时节里有形和无形的变化，听着身后啁啾的鸟鸣，发如是之感慨。

阴凉的气息包围着我们依旧穿着冬装的身体，黄昏的阳光在大树梢头一点一点地向下移动正加快这种阴凉的程度。对岸，瑞士的一棵树已经盛开了白色的花，在一片还光秃秃的树枝丛里，这棵先放的花树很吸引人的目光；我们注视着它，努力地呼吸着，想一下就闻到它的气息和味道，还有那种气息和味道里我们所期待的春天才会有的心情。

河流和树木，鸟鸣和鸭游，离开家只要走上几分钟，就可以完全进入这些物象环绕的氛围之中。偶尔有人孤独地走过，也无非是牵着条狗，人和狗都沉默着，人手上的烟在很远的地方就先

飘了过来，然后是很久很久地挥之不去。

一切都是安静的，默默的，再没有人指挥你什么时候必须干什么，再没有人将你作为倾轧和嫉妒、欺骗和犯罪的对象。你们都成了默默无闻的人，成了平静的人，成了原来在这个世界上本来应该是那种样子的人。你们已经遗忘了你们本来应该是的样子了。

在安静里，我们将过去的喧嚣玩笑一样地回忆了又回忆：我们都很惊讶，仿佛隔世的烦恼和无意义曾经那么那么地将我们缠绕。我们将回去，是否将意味着重回那种喧嚣和烦恼？且不去管它吧，暮色里的天空已经升起了隐隐约约的月亮。

傍晚的时候，我们坐在这莱茵河拐弯的地方，想象着我们不能坐在这莱茵河拐弯的地方的时候。我们的笑和我们的话，逐渐转化成了我们的安静，久久的安静。直到树梢上刚刚萌发的小叶有了夜的轮廓，廊桥下的灯光开始招引我们凝视的目光。这是生命中一个普普通通的黄昏，是孩子在家里玩耍着等我们散步回去的黄昏，是傍晚的时候我们曾经坐在莱茵河拐弯的地方的，黄昏。

走在巴特塞京根的郊外：对于家的想象

巴特塞京根这座小城的郊外，你只要顺着任何一条公路走下去，不管拐上几个倾斜的弯，不管向着哪个方向，包括那有莱茵河作为德国瑞士国界的一面在内，时间不长就都会抵达或山或水或森林的大自然之中。

其实抵达之前你就已经先在视觉上有了感受，山就在视野里，水的气息弥漫在你的前后左右，森林和别墅之间是没有距离的，每家每户房后的小园子都和有涛声的林海相连。城市人居与大自然融合在一起，一派陶然。

一片别墅式的建筑组成了一个村庄式的田园部落，中间一条顺着山势弯弯扭扭的小公路，是人们和城市联系的纽带，也是给他们输送金钱、获取生活资料的管道。它细致而周到地通达着每一个角落，维持着这里人们的高雅田园生活，维持着他们在房前种果树，在房后种花草，在屋子里享受一尘不染的家居环境的人间之乐。

门前的小院里，一棵曲虬的老果树下，朵形微小抑或硕大的红黄蓝白各色花朵，已经渐次开放；一只安静的黑色老猫伏在枝干之间，仿佛是假寐，实际上是时刻在警惕着那飘忽不定的来犯之敌——蝴蝶。因为只要找好了角度，你就能看见它的两眼圆睁，眯成一根竖线的眼仁儿露出炯炯的光来。

一张桌子，一个人，在院子吃着东西。光线里的空气是一尘不染的，落到食物上去的只有空气中的营养，只有植物们的气息。这里的人们可以尽情尽兴地享受在户外进食的所有优点，而能够避免其所有缺点。

春天第一次露出她的温情，明确的暖意使屋子里的人喜气洋洋地走到了户外，到了自家的菜地里，开始了又一年和自然亲密接触的时光。他们弓着身子在菜地里拾掇着，脚下的小苗从此就要一天一个样地长起来了。

森林里虽然看上去似乎还没有任何变化，但是气氛已经不再是寒冷和肃杀了。林间小小的空隙里钻满了湿润的阳光的细线，锋利而光亮,没有化干净的雪已经缩小到了互相都不再粘连的程度。几个最最阴暗的角落是它们最后的阵地。山脚下的房子和房子之间的小路都因为阳光的照射而明媚起来,和身后森林草地一起凑成了一种理想化的构图。欧洲的田园,充满阳光的温馨和布局的精巧,人在画中,画为人立;穿行之中、俯仰之间,任何一个角度,任何一次驻足都不会使你失望。

从这样的房前屋后走过,在这样的小公路上骑车或者步行,缓步或者快跑,胸怀和想象都会屡屡为之触动。如果没有经济上的压力,如果没有衣食之忧,只这样走着,人在境中,境与人合,即可享无边的人生之美了。

德国人的建筑和德国人的生活方式形成了一种与自然非常和谐的美,这些东西源于他们社会矛盾较小,源于他们贫富差距较为合理,源于他们的社会福利制度,源于源远流长的文化传统和教育传统。

一切社会化的科学研究与理智执行的结果,显示在外在的东西居然就是这种符合人类审美理想的居住与生活环境,就是人与自然的和谐。这是人类发展规律的一个圈,从最开始的低水平的人与自然和谐,到最后的高水平的人与自然和谐,人在自然中的陶然与美,是一个最大的衡量标准。人类要想自己幸福,必须符合自然之道。

德国人的居住环境和居住条件,实际上也正是我根据古人的诗词歌赋而在自己的梦中所无数次向往过的:一处依山傍水的地界,一栋两三层高的带阁楼的红顶房子,房前屋后有果树,有花园,有菜地,一条小小的公路将自己和外面联系起来。那路中间应该有几个近于椭圆的弯,有一两次在缓坡地带的起伏,看上去总是能一览无余又间有变化。

森林可以在屋后,也可以在房前,总之住所周围是一片树木并不是非常茂密的空地。果树就像家养的动物失去了野性一样,不会像森林里的树那么高,总是须仰视才能见;它更符合人的身高对树的高度的要求,符合摘果实和看花甚至是小孩子扒着树枝爬上去的需要。树下零零星星地开着几片野花,春生冬灭,岁岁枯荣,时时报告着季节的消息。

两三层的小楼,大约会有十个房间,吃喝拉撒睡的地方都有了,其中最大的一间,向着阳,一定会是书房。书房里的书沿着四壁排得满满的,不过窗前不摆书架,那里摆桌子。把这些年搜集来的书分门别类地摆好,每一本书上都有得到这本书的记录,随意拿起来一本来都会引着思绪远远地飞扬起来。这间屋子肯定是木地板,穿着袜子就可以了。这里是精神生活的中心,是能在这里居住下去的根据和支柱。

在看书或者写作感到疲劳的中午时分,走到阳光明媚的阳台上,看着楼下草地上蹒跚的小鸟和树枝间安静地成长着的新叶,喝着茶遥望视野所及的远方的平原和林莽,弯弯曲曲的河流;哗哗啦啦的声音是近处的那条欢快的小溪,它昼夜不停地奔腾着,仿佛永远也流不完,永远也唱不完。

午睡以后走到楼下,在菜地里给刚刚移了苗的西红柿又浇了一次水。在新鲜的泥土缝隙里有些小小的虫子在慌张地爬着,季节使它们从沉睡里醒了过来。因为新植小苗而翻动了的土地,使它们很容易地有了自己的家。这样就不知不觉地站在菜地中间端详了起来，琢磨着是不是应该马上把豆角的小苗从育苗的屋子里锄出来了。光阴快速地移动着，儿子已经放学回来了，屋子里响起了他奔跑的声音，扔书包的声音，还有妻子喜悦地迎着他的时候的关切询问……

这种生活的样板就摆在这里，活生生的，触手可及，但是又非常非常遥远，像是海市蜃楼，像是画饼充饥。在这样盯着眼前的屋子进入了幻想的境地以后的猛然清醒的间隙，其实痛苦并不明显。

这是人家的田园，这是人家的文化根基里生长出来的理想之花。什么时候能在自己的国家，在自己的文化范围里建立自己的理想田园呢？那也许是非常渺茫的事情，渺茫到了几乎是毫无希望的程度，所以设想从来也就没有实现的心理准备。现在不过是因为在现实里看见了几乎是完全符合这种理想的标本，才屡屡触景生情而已。

即便不考虑钱，只是我们的环境、我们的小区与物业制度，都会使这样的居住理想成为一种蒙着翳障的"不自由"。很难达到这样土地和房屋都是自己的，都是自己在这地球表面上拥有的真正属于自己的家的好感觉。

黑森林里的一个山顶湖

黑森林之所以叫作"黑"森林，当你身临其境的时候就会体会到。从莱茵河谷里的城市里往上走，走着走着就遇到了一片巨大的阴影，森林的阴影；在距离那阴影还有一段距离的时候，就已经感受到一种湿润和冰凉。那是阴影的威力。那种湿润和阴凉是你渴望的，你兴奋地加快了脚步，一下就扑进了阴影里。

扑进去以后你才发现，它并不像满园的花朵那么可爱，它在满足你渴望的同时，还多少威胁了一下你。抬头看一看吧，前前后后左左右右，浓荫蔽日，密不透风，高都在三十米左右的笔直笔直的大树，已经把你彻底地围拢了。后面你上来的时候的小公路分明还是有一定的宽度的呀，可是现在只剩下了一个微弱的光点，在黑森林里唯一还留着光亮、安全之类的希望的，开在地平线上的一个天窗。

你一下就站住了，怀疑自己一个人走进这黑森林的冒险性。不过，等稍微适应了一下就会发现，森林里的大树们，树冠都在高高的地方争先恐后地遮蔽着天空，只是偶有隆起的树根和人的高度相仿佛，反而显得空间很开阔。

残枝断木横七竖八地斜在远远近近的树木脚下，正好和人的视野平行。目光在它们身上所做的无意识停留经常会给你一种那是个什么什么东西，或者那是个什么什么人的幻觉，使你在恐惧的同时又赶紧将目光扫了回去。在这一扭头的瞬间，你想了很多，自己是一个外国人，在这个曾经有排外传统的国家里，走在这样一个绝无人烟的地方，假如有什么前纳粹分子或者现在的光头党徒突然出现；假如是教义森然的讲述中所明示过的恶魔，那怎么办？

等确认了那不过还是一截树枝或者一根倒下来的树干的时候，你的内心还没有来得及享受这危险解除的释然，就又被眼角所扫到的另一个方向的什么象形之物给恐怖地拽过去了。就这么心惊胆战地前进着，腰的两个后侧就有了一些不适的感觉。恐伤肾，信然。

潮湿的小路在林间婉转着，一片被采伐光了的地方（采伐走的估计是枯死的树，或者得了什么病虫害的树）乍然透过了一片天光，仿佛安全随之而来，仿佛呼吸随之而来，仿佛收获随之而来，你很为自己这其实时间很短暂的冒险而兴奋。

于是就试探着继续前进，居然就在树枝的掩映下看见了一个山顶湖泊隐隐约约地在下面一点的地方露出了一个小角。果然一个写满了德国字的牌子上画着全世界都通用的对水面的蓝色表示，这是一个风景点。在处处都是风景的时候，就又要分一分了，把那特别的地方画成正式的风景点，而把尽管很美但却随处可见的地方作为寻常的环境。

湖有一多半结了冰，没有结冰部分的水面上有几只野鸭在游。在人们普遍不怎么热爱猎杀野生动物的德国，这些野鸭实在是有福之鸭啊，任何时候都可以优哉游哉，在世上分一杯羹，有自己的空间和环境去生活、去繁衍。

一个女人跑步过来，打了招呼。按照在城市里不打招呼，在人少的地方或者休闲的时候应该打招呼的原则，这样的一声招呼对双方来说尽管多了一次发音的麻烦，但是也多了一份人和人之间的温暖。尽管谁都知道招呼归招呼，大家依然是陌路；但是人就是这么一种需要虚假的表象的动物，有了这一层表象他就会快乐好一会儿。按照顺时针的自然原则沿着湖走，树木向着水面，枝条伸进了湖里，旁边的山形成了一个火山口似的环，巨大的石头和峥嵘的形状让人有一点中国公园的感觉。特别是一些石头上还刻着字，写的什么自然是不清楚了，都是古体，只有一个年份谁都明白：1875年。姑且认为这个湖是那个年份里被发现的吧，不对，应该是在那个年份里这个湖边上发生了什么重大的事情，由此让人们更记住了这个湖。一百多年的历史了，已经是古迹无疑了，难怪要特别作为景点呢。德国人很有意思，即使标志出是景点了，也并不收钱。只让人来却不收钱，以我们的景点理论观之，维护保养、开发利用、挖掘研究之类的费用怎么办呢？天知道。反正人家运转得很好。

所谓运转就是每天都有人来这里健身吧，开着车穿过森林上山来，跑步或者走路，围着湖或者以湖为中心走上山林里密不透风的树干之间的蜿蜒小路，在一个又一个指示牌的指引下到达一个又一个点，做真正的森林徒步。

在山林里，在每一个有路口的地方，在即使是羊肠小道和羊肠小道的交叉点上，都竖立着做工精致的牌子。上面不厌其烦地写着每一个方向能到达哪里哪里，有多远多远；这是发达的步行文化的一部分。

想想，每天早晨起来开车到这湖边只需要十分钟，十分钟以后就能享受在我们大多需要长途奔波，才能抵达的硕果仅存的有森林的地区，需要几十上百元的门票钱才可能有缘一遇的风景。对与大多数人来说这样的风景区几乎可以说是终生只有一次经历的地方，能每天享受的人，除了管理者和清扫者以外，庶几乎少哉。

顺着其中的一条羊肠小路走了一段，终于还是因为过于恐怖而作罢。一个人在这样的山林小径里步行，没有点胆量是不行的。作为以后步行的一次探路吧，只能这样自己安慰自己了。

离开这个山顶湖泊以后，就着满天细细的雨丝，沿着一条哗哗奔腾的小溪向山下走，发现小路一边的森林边缘都被很精致的铁丝网圈着，所圈的范围之内有动物的密密的蹄印。一群大角灰鹿赫然出现，看见人来都抬起了头；吹了几声口哨，它们有点惊讶，但是确认来的还是一向没有恶意的人类以后，它们就又安然了。

人类在它们眼里，是一个只是把它们关起来却并不伤害它们，相反还在一年四季里给它们提供食物和房子的物种。以它们的经验判断，绝对安全。于是便继续低着头在林间寻寻觅觅去了。

过了这个鹿圈是一个野猪圈，在我们山野旅游点的餐桌上才能一见的野猪们，老老小小都在铁丝网边上的烂泥里站着。小的毛发暗红，后背上有明显的竖条的纹理，很可爱的样子。同样，它们对人的气息早已经习以为常，一点也不害怕。在它们眼里人大约就相仿于一阵山林里的风或者雨吧，之所以有人来的时候还要抬头看看，不过是看这个人是不是给它们带来了食物而已。

溪流在接近山下的时候落差就越发大起来，形成了几处水势很大的瀑布。这样的瀑布在我们的经验里，也早就被圈起来了，圈起来收钱，美其名曰发展地方经济，当然同时也就发展了个人经济。而这里却是一派野瀑无人水自流的景象，完全是大自然原来的样子。以自然最原本的样子展示于人，这是德国自然环境的一个保护准则。生活在这个准则下的人无疑是幸福的。

这一次偶然踏访的，实际上只是德国黑森林的最南端的一个小角落。如果纵贯一下德国的黑森林的话，那将会有什么样的奇异感受呢？真想象不出来，但是又真愿意一直想下去。

虽然知道，自然永远超过人的想象。

EGG，叫作鸡蛋的山

EGG是地图上标得很明确的一个地方，上面有一个圆圆的类似于鸡蛋的湖。这大约就是这名字的来源吧。想象着，那个鸡蛋一样的湖一定也是湖光山色两相宜的地方，就一直想去观赏观赏。在山下的小镇已经住了一个半月以后居然还从来没有能到达过这个EGG，这在向来都喜欢到了一个陌生的地方就要尽快地把这个地方的东南西北各个方向都摸一个遍的人来说，不能不说是一个遗憾。

为了弥补这个遗憾，曾经几次去EGG，但不是走错了路，就是找不到方向，要不就是水把路面淹了，反正总是走不到。那条从山下通往EGG的大路上每时每刻都车水马龙，来来往往的车辆不断，只要坐上其中任何一辆，大约十分钟以后就能到达，就能实现观察地形的愿望了。但是任何一辆都不属于你，属于你的只有你的双脚。而且，确实也只有用双脚测量出来的地形才印象最深，定位最准，细节最丰富。

昨天，2003年3月7日，是一个阳光明媚的好日子，但是上午儿子说什么也不出去，只好一个人骑车出去，去了已经去过一次的WEHR。因为那个小镇后面的山坡实在太有魅力了，简直比人工的设计还要巧。那个山坡顶上是可以俯瞰整个小镇和小镇外的缓坡地的，坐在那个缓坡上的十字架下面的长椅上，享受蓝天白云下的阳光，阳光里的寂静，寂静里植物的气息，是人生最最美丽的时刻之一。

那是一个可以面对森林草地和森林草地之间的条条小路,将一切都一览无余地尽收眼底的好地方。山顶小路既有视野特别好的开阔之地,也有穿越一片高大挺拔的常绿树林的阴暗的胡同,走进去如同从昼入夜,走出来又如同从夜入昼。这路边上设置了几个长椅,坐在长椅上就可以欣赏山下的景致。

而那小路左右不离这视野最好的山顶,一直在山顶上绵延,即使是走着,也能同时观看山两边的风景。这边是WEHR小镇,那边远远的林地和草地之间是一个小小的村庄,建筑质量与格式和小镇、和城市没有任何区别的村庄,不过是更加远离尘嚣而已。德国人很愿意把自己的家安排在最少人打扰的僻静之地。当同样在这一天,出乎意料地登上了EGG山顶的时候,我就更加确认这一点了。

下午两点多的时候,我刚刚从WEHR骑车回来一个小时,儿子看完了电视,很无聊地走了过来。我说,你看看外面的阳光,不去享受异国的景致,成天在屋子里看哪里都能看见的电视,有什么意思?

出乎我意料的是,他没有像平常那样耍着赖就是不出去,而是马上说那就出去。这倒弄得我有点措手不及了。因为身体从刚刚几个小时的骑行之中的恢复显然还没有进行完,但是难得的是他主动要求出去了,无论如何也得利用这个机会,父子同行!走,去EGG。

嘴里说着去,自己已经躺到了床上,让儿子收拾要带着的吃的东西和喝的东西。他这一收拾就收拾出了问题,把整个一棵准备包饺子的大白菜全部泡到了水里，这就意味着等着他妈妈出差回来再用这棵白菜包饺子的计划很可能就泡汤了，泡过水以后菜叶很快就会烂，不能再放。他用白菜叶是因为没有生菜叶了，而面包夹肉的吃食一般来说里面都多少有点菜叶。可能是为了弥补自己的过失，他没有像往常那样把出门当成要求喝饮料的理由，一下拿四盒，而是只拿了两盒。

这在他已经很不容易了。他看小电视的地板上，就经常性地放着好几个喝光了的空饮料盒，看着看着电视就会不时地拿起来用手挤压着，从吸孔那里闻闻里面的味道。嘴里还感叹着说："真好闻啊！"

对于饮料不健康，水才健康的教育，孩子们无论如何也难以从感性上接受；而国外生活使孩子在物质的珍贵之中懂得了对物质本身的珍惜，尽管这种珍惜看起来有点让人可怜。

走上德国人的大街，没有出去多远，他就叫喊着累了，一个劲儿地往我身上靠着，要求休息休息。天色也远不如上午明媚了，似乎多少有了一点阴的意思，尽管太阳也还是有的。不过，既然已经出来了，就绝对不能再回去。这个决心是因为对EGG这个地方产生的一种怪圈似的感觉，似乎这个地方就永远也走不到似的。这一回一定要走到。

上山不能走公路，只能走林间的小路。公路边上没有人行道，这种情况下如果硬是顺着公路走，一是违反交通规则，二也确实太危险。有意思的是，在德国几乎从来没有见过交通警察，但是人们遵守交通规则的状态，比有警察维持秩序的公路还好。即使是在这深山密林里，也一切如仪，一丝不苟。

顺着上次已经探明的小道，驾轻就熟地就到了上次走错了的那个三岔路口。从方向上判断，应该是向上的一条路，但是那条路上积年的落叶很厚很厚，明显是一条很少有人走的废弃了的路。但还是服从方向上的判断吧，我们父子俩义无反顾地走了上去。脚下的感觉经常是柔软的，这种柔软给人的感觉并不是舒服，而总是有点疑虑，怕踩上什么东西，比如冬眠以后刚刚醒来的蛇。这里的森林很有意思，连鹿都能偶尔看见，却从来没有听人说过有蛇，大约是鹰很多的原因吧。老鼠也没有，林子里很干净。

这是一条很久很久以前的路，两边的树和石头都被细致地修理过，但是路中间已经又长出了小树。厚厚的青苔布满路边的石块，奇形怪状的树枝纵横交错，沟里面哗哗的溪水声不绝于耳。

这条旧路上，最大的障碍是一些倒伏的树，它们纵横交错地横在路上，有的可以钻过去，有的可以跨过去，有的就无论如何也钻不过去、跨不过去。这样的时候就得绕，一般来说只要走到那倒树的边上就能发现被行人开辟出来的绕行的小路。但是在远远地向上看着那倒树的时候，给人的感觉就是没有路可走了。儿子和我拄着棍子，喘着气，一步一步地，还没有接近那些树的时候就喊着说这回走不了了。

我心里实际上也在打鼓，这样幽暗的林子，又遇到了这样的障碍，是不是应该回头呢？回头可就真是把EGG当成了一个有魔力的怪圈了，就是无论如何也走不到的怪圈。不行，无论如何也得走到。有儿子在身边，无论如何也不能退缩。而儿子大约是在想有爸爸在身边，就跟着走吧。

这样，父子俩互相在心里鼓励着一直在林子里穿行，穿行着穿行着就到了公路边上，再没有路可走了。怎么办？越过公路去，到公路那一边去走。公路上的车辆是很多的，车速也很快，关键是路上绝对没有给行人留位置，一点都没有。车都是紧擦着栏杆跑的！这样，选择一个机会翻越栏杆然后横穿马路就一点也不比在城市里横穿马路的时候轻松。

马路那边是一个坡度不小的山坡，走在上面经常得斜着身子。走了一截儿，就发现对面又有了路。所以再次横穿，回到了路的这一边。这一回在潮湿的林间路上跋涉的时间不是很长，就到了一片开阔地。这片开阔地从感觉上可以判断已经属于EGG无疑了。

EGG终于到了，虽然还什么也看不见。

说什么也看不见是有点夸张的，因为远远的有一道坝，坝周围全用铁丝网围着。那个坝里面就应该是EGG湖了。可是站在现在的位置上是怎么也看不到水的，要想纵览全局，就得上到眼前这个满是草的坡顶上。这一片满是草的山坡显然是经过人类加工的，砍掉了所有的树，栽上了非常均匀的草。只要爬上去，那个一直纠缠着我的EGG怪圈就可以解开了。

我在前，儿子在后，大步向上爬去。他叫喊着不行走不动了，我并没有停下自己的脚步，而是告诉他慢一点，不着急，我先上去看看情况。等山顶的地平线达到与自己眼睛相平的时候，眼前的景象让我呆住了：天啊，世界上居然还真有另外一个也在山顶上的村庄。

这个感叹是因为那一年去探访孙犁在战争年代养过伤的一个山顶的时候，在那个山顶上左找右找才找到的一个隐蔽性非常好的山顶村庄——蒿儿梁。那个村庄是任何人的想象、任何画家的画笔都不能达到的；既在山顶上，登上山顶的人又不能发现。而现在这个EGG小村，居然也在山顶上，虽然一上来就能发现，并无隐蔽性可言，但是这样艰难攀登上来的山顶上居然有村庄，也是够神奇的了。

我站在山顶上的惊呼使儿子加快了脚步，很快也上到了山顶。面对眼前的终于开阔了的景象，大口地喘着气。时近黄昏，想到回去的路，在森林里的路，那些即使在有阳光的时候也非常昏暗的所在，就有了急迫感。拿出吃的东西来，一边吃一边走，连坐下来吃的时间都没有了。

之所以决定马上下山，并不是不想去村子里。相反，是很想去村子里看看的。当然也知道，这里的山顶村庄和中国的山顶村庄完全不是一个概念，甚至是相反的。这种建在山顶上的村庄都是远离尘嚣的选择，绝对不是中国概念里的那种闭塞。当然即使是这样，也还是想看一看的，在那天街一样的街道上走一走，体会体会一览莱茵河谷、唯我独尊的感觉。

想象一下住在山顶上的日常生活场景，举头望天，低头望茫茫林莽浩浩云海，和林海缝隙里偶尔现身的莱茵河！除了汽车的声音以外就都是自然界的声音了。一切时间都在自己的掌握之中，不再受任何人任何事的打扰，每周下山一次，去采购，去繁华的街头站一站，每年去大城市或者国外生活那么一小段时间，让自己更感觉自己的家才是这世界上最最理想的家园。

当一个人或者一个团体、一个国家的人民普遍地拥有了经济的与文化的基础以后，任何在以往看来都是个别人的怪异行为而实际上更符合人性的要求的居住选择，就都成了广泛的可能。

这种可能在从远远没有达到这一水准的国家的人的角度看来，无疑就是几十年后或者上百年以后自己的国家、自己的人民、自己的后代有可能的生活的样子。这可以说是未来自己后代的生活景观，先睹为快了。

当时作如是之想象的时候，还没有明白，这里不过是整个面对深深的莱茵河谷的"高原"上最靠边的一个村庄，再向纵深里去便都是与其海拔相仿的平原！以他们的地理感觉上说，莱茵河谷里的人才是离开平原，生活在谷底里的人呢！

而正是这样脚踏实地地攀登上了高高在上的EGG村，有了自己身体力行的地理探索意义上的实践，才使人明白整个巴特塞京根及铁路公路沿线的一系列城镇，其实都是在巨大的莱茵河谷谷地里。我们一向在其中的生活，从地理位置上说都是一种"坐井观天"。

总之这个去村子里慢慢看一看、体会体会的想法这次是无法彻底实现了，因为时间很紧张了，上山来的初衷也不过是为了看看EGG湖，了却一桩在想象里无数次展开过的心愿。

结果却是大大出乎意料的，所谓的EGG湖实际上是一个人工的水泥大坑，规规矩矩的椭圆形里面还竖着几个大型的机械装置，而且水很少很少。走到另一边看了看通向EGG的公路，那一边就是比这里矮很多的斜下去的山坡了，山坡上很快就又有了森林。这山顶上之所以没有森林，完全是EGG村里的人为了自己视野上的舒适和适当耕种的需要，而人为的规划。住在这如诗如画的地方，冬天冷不冷的问题无从了解，但是从林子里成垛的木头就可以知道他们抵御寒冷是有足够储备的。丰富的森林资源给他们大量使用木材以近水楼台之便，那种整整齐齐地垛在森林里的木头棒子，都是用电锯锯倒大树以后一根一根地砍出来的，大小粗细基本上都一样。据说这样在林子里晾上一年以后再烧的时候就只起白烟而不起黑烟了。这大约是林区人取暖的专利。

林区人，这个词也是完全中国化的。对一个到处都是森林的国家来说，处处都是林区，也就没有了林区的称呼。大家都是住在森林里的人，大家在使用和保护森林资源的权利和义务上是完全平等的。当然，这种住在森林之上的EGG人的特权还是有一些的，就是殊少打扰，大约犯一些关于森林保护的规也无大碍。这是基于我们的习惯思维的想象，到底是不是这样，不得而知。只有住下来慢慢感受才能知道。

说EGG的冬天其实主要还是为了说它的夏天，冬天的冷想象不出来，但是夏天的凉爽估计是百分之百的。现在，山下已经有了很明确的春天的空气、春天的味道的时候，这里依然有积雪。路侧背阴的地方，树下不见阳光的部分，它们白得耀眼的存在还硬生生地矗立在那里。可想而知，夏天这里宜人的气温状态了。住在山顶上的人们最愿意过的季节就是夏天了，就是下面的温度高了，而这里的温度非常适宜的那个季节。

向回走的时候选择了一条森林中非常明确的步行大路，路上有木制长椅，有标志着机动车辆和自行车禁止行走的红圆圈。但是方向却与我们上山的时候不大一样，甚至是相反的。不过根据经验，这样盘绕的路一般和直接上山的陡峭的路，肯定会殊途同归。可是经验是经验，到底是不是这样，还有没有时间犯一个方向性的错误？这些担心都是存在的，加上下坡路的助力似的推波助澜，脚步就越走越快。儿子又叫喊一侧的肚子疼了，他总是在剧烈运动的时候产生这种疼痛，速度慢下来就自然好了。于是赶紧收住脚步，拉住他既冰凉又温热的手，一双手一齐给他焐热肚子。

十二岁，还不怎么拒绝和父亲身体接触呢；这介于儿童和少年边缘的年纪里的情状，还一如仿佛从来如此亦将永远如此的娃娃。现在想来，在整个亲子相伴相随的成长过程中，那样的场景是多么值得珍惜。

就在这说话之间，我的眼角余光瞄见前面从路的一侧向另一侧快速而轻巧地跳过去了几只小动物，大小像羊，速度像风，高昂着的脖子和灰褐色的体毛说明它们是鹿。野鹿，生活在森林里的野鹿！

在山脚下的铁丝网大圈里分别有野猪和野鹿的人工之家，它们被关在那面积虽说不小，但是毕竟是失去了自由的地方，处于一种人为的被保护状态。没有想到，这山里还真有依旧处于野生状态的鹿，和那些被关在铁丝网里已经完全不怕人、不愿意活动的鹿比起来，这才是真正有鹿的精神的那种动物。

这些鹿一掠而过的动作发生在短短的一两秒钟之内，没有被精力都集中在自己的肚子上的儿子看见。他大大地遗憾了一番，在随后的路程中不停地东张西望。以期能再看见一点野鹿的影子。在他这样的年纪，别说看见野鹿，能和野鹿擦肩而过已属千载难逢了。后面的一大段行程中，我们都沉浸在关于野鹿的话题中，他不停地就野鹿的大小、颜色和姿态进行询问，最后的结论是小鹿，是一群小鹿。天色已晚，林子里哗哗的溪水声里，景物已趋于昏暗。在一个可以向下、可以向左、可以向右的路口上，我们大胆地选择了向下，大踏步地向下。

这个选择是非常英明的，几分钟以后我们就又到了上一次EGG之旅所走过的路上。这使我们一起欢呼起来。在陌生的探索里的一个新旧衔接，一个使一切都突然透明起来的意外的结果，是自助式的探索之旅的最大乐趣。

我们坐在那两条路汇合的地方的长椅上，身旁就是一个竖立起来的自动流水的水管。它利用地势使水从高处的引水管里流入，再从水龙头里流出，不仅仅为行路人提供了喝水和洗漱的方便，更以长流水的形式为这森林里的寂静增添了一点人化的温暖。

当然声音更大的不是它，而是就在旁边的哗哗奔流的溪水。那溪水从山上冲下来，在石头之间跳跃着飞舞着，到了这里急急地奔进了路下面的小桥。就在将要奔进去的时候，在一根斜着的木头上，有个鲜艳的黄色的水位标志，上面刻着一二三四几个非常有限的刻度。因为溪水实在是太浅了。不可能有更多的刻度了。这如果不是一个玩笑，就是德国人科学精神的又一个很好的说明。即使在毫无价值的水道上，也要设置测深标志，以便在水深超过一定高度的时候预警。实际上这里的水面一下雨就肯定会越过桥面的，它本来就是一架漫水桥，宽仅一米五吧；长就更短了，一米而已。

随后的路程因为都是以前走过的，心理上的负担就小得多了。走到三岔口的时候等于是绕了一圈儿又回来了。坐在十字架下的长椅上再次休息，一抬头，发现十字架和十字架上的耶稣像都不见了。这一发现非同小可，儿子立刻有点紧张。听我自言自语地说这是谁给拆走了，他脱口而出："一定是本·拉登！"

这样的想象使人多少有了一些恐惧，因为这么大胆的行为就发生在我们的身边。这安静美丽的森林里突然多了一层恐怖的气氛。不过他马上又说，这很可能是拿去修理了，因为雨雪淋坏了彩塑。对对，我赶紧附和着说，你这个分析有理。因为只有这么认为才能减少周围的气氛压力，说着就拉起他往外走。阒无人迹的森林里的鸟鸣和水声都被放大了，成了一种不怀好意的节奏。阴阴的石头和长了木耳的树桩在暗影里仿佛一个又一个突然站起来的人。

我们大踏步地走着，脚底生风，沙石与鞋底快速地摩擦，裤腿与裤腿紧张地碰撞。偶尔一下脚后跟还挨着了脚后跟，于是一个踉跄，两个人就不禁笑起来。这样一来，恐惧也就散去了。因为前面到了一片森林已经被砍光的所在，在这里才发现，其实天还没有黑，外面实际上还很亮呢。

这一天晚上的觉睡得非常香。儿子第二天居然睡到了上午10点多。醒来以后再见面，脸上就有了一种共同完成了什么伟大的探险事业的自豪而又满足的笑容。

WEHR：莱茵河谷地中的森林小镇

在多次的郊外的盘桓之中，这一次骑车翻过了森林覆盖的山，一直到了群山里面距离巴特塞京根20多公里的WEHR小镇。这时候已经是2月底了，春意更浓了。沿途绵延不断的别墅式的两三层小楼即使紧挨着公路，也都收拾得田园味道十足。而那些由沙石土路和外面联系着的房舍之间的一棵树，树下彩色的长椅，长椅上牵着狗闲坐着的人，就更让人有进入了关于欧洲的田园的典型画面的感觉了。

空气安静得很，没有一点风，弥漫在阳光里的味道是甜的。这甜从何而来呢？苹果树上的果子倒是还有，没有人摘，累累地挂在那里；由花而果，由成熟而腐烂，由腐烂而风干，由在树上到地下，任其自生自灭。油菜地也是去年的，结了籽并不收割，干黄干黄的枝枝干干挺拔地立在起伏的田野里；冬雪将它们洗得干干净净。它们是这个季节里硕果仅存的果实了。它们在解冻以后会释放出这种带着甜意的味道吗？

WEHR是一个相对于周围别的村庄要大一些的小镇，但是商业区也十分有限，只在主要公路穿过镇区的街道两边。广告上的画面和别的小镇完全一样，都是些大公司在全国甚至是全世界广告计划的一部分。

冷冷清清是德国商店的特点，这样寥落无人的情况你只要在德国待上一段时间就会习以为常。一片窄小的教堂空地上，立着一根剥了皮的年轻松树，只留着树冠。这是狂欢节留下的痕迹。说明这个小广场就是这个小镇最重要的文化中心了，是有事的时候、节日的时候大家聚集的地方。

如果你抱着在国内的时候那种到城镇里去看热闹的预期，抱着转一转市场，看看人家都卖什么东西的心态，那在这里你就会失望；这个城和那个城，这个镇和那个镇，实际上是没有什么区别的：一样的符合人居的审美的与科学的标准，也一样的冷清和落寞。

德国的总人口本就不多，据说每年还在以比较大的数量减少；而且人们都分散到了山山水水的全国的各个角落里，超过几万人的城是屈指可数的。所以这种冷清就是一种"自然现象"了。难怪在国内的时候看见媒体采访外国人，外国人一律地竖起大拇指说好好好，热闹、繁荣，现在看来是有一定的可信度的。只不过没有说清楚事情的背景而已。他们说繁荣，说人气旺，是对比而来的，是从自己长期的寂寞的生活实践里比较出来的。实际上，这只是一种现象，并不表示好或者坏。就像我们经常感叹人太多、什么都拥挤、什么时候都难清静，而很希望看见人少，看见没有人一样；都是基于自己的人生环境而对另一种新鲜的人生环境的兴趣而已。

穿越没有多少人的小镇的自行车路很窄，很多地方不得不推着走。看见镇中间小小的廊桥，过去转了转。廊桥下面是完全原始状态的小河，河岸上杂草与乱树自然地生长着，一条小路在其间蜿蜒。德国人很注意将河流的原始状态保护好，绝对不搞水泥砌底砌帮之类花钱破坏自然生态的事。我们那些全水泥河道的败笔，实际上主要是因为干旱和蒸发，未必都是没有这种自然美的观念，当然也未必就没有刻意要花钱、花大钱的因素。

这条河的上游在城市之外，在一条比较狭窄的山沟里建了一座大坝，大坝兼有发电和拦水的功能。我按照地图骑车向上奋力前进，比较偶然地发现离开主要公路以后车轮下的这条道路，正是直通大坝底部的游览之路。这时候这里没有一个游客，也没有售票处之类的设施，完全是自由的。把自行车放在最下面的一个长椅边上，沿着台阶上到了坝顶。

独坐在水库边上,山上的树还没有绿,而脚下就是雪。潮凉的空气使人在清冽里呼吸到了生命的气息。恍惚之间竟然想到了祖国这个词,想到这个词是因为头脑里蹦出来了那些熟悉的春天的味道,还有那熟悉的味道里驾轻就熟的人民。在那样的味道和环境里进行的春天的漫游是多么熟悉的啊,尽管风景不如人家这里,尽管没有森林,甚至没有蓝天白云;但是,它就是那么真切、那么亲切、那么魂牵梦绕。枯枝新花的中国北方的春天,衣服不算整齐的农民,原始的耕作工具,世世代代匍匐在土地上的姿态……

那些寥寥无几的树木刚刚萌发出来的嫩叶嫩花被他们掠下来,成为春天的食物。那些去掉叶子的枝条被制成最原始的乐器,吹出简单而又只在春天里才会有的音节。那种熟悉的春天是自己作为人的源出之处的祖国,给自己留下的记忆遗产;它因为携带了祖先和亲人的基因,因为经历了童年和青春的刻画,而成为永难磨灭的习惯。

一个身处海外的人,不管已经有多少年,不管人家的环境是多么好,自己都不会真正地融合进去。记得曾经在国内的电视上看到美籍华人赵浩生说,在美国很多很多年以后第一次回到家乡,第二天早晨起来,听见驴叫,禁不住双泪长流。自己都说不清楚,为什么听见驴叫就哭了起来。他一边郑重地学着驴的叫声,一边擦着眼泪。这样的感情,是没有海外经历的人很难真正理解的。

我们的理想一向是离开这有驴叫的土地,是高楼大厦,是现代化,是灯红酒绿,是纸醉金迷。当你没有领略到那些东西的时候,你是永远不喜欢驴叫的。比较完备的人生确实不应该是只局限一地的生活,一个人只有经过了有对比意义的几种生活方式,才能使自己更丰富,使自己眼前和未来的生活在自己的眼里都更清楚。

在这个水库边上漫步的时候,周围始终没有别人,沉浸在关于祖国的记忆和怀想之中的思绪将自己暂时带离了环境。不得不承认的是,现在正处身其间的环境是自己记忆里所罕见的,人家的自然和人家的人文,有时候是超乎想象的。从坝上下来,沿着环形的小公路向市区走,在高大的林子和潺潺的流水相伴下,不经意间骑到了一个小小的高地上。

这块柔和的高地,是一片介于城市和森林之间的缓坡地。坡地上一条窄窄的小公路,在刚刚有些绿的草地里起伏着,呈一种椭圆形的线条绵延着,一直升到远方的坡地顶端才不见了。

这条小小的公路上断断续续地有几个走着的人。走着的人一般都是和狗在一起的,狗在这起伏的原野上或者寻寻觅觅或者撒了欢地猛跑,主人一声招呼就立刻站定了,犹豫一下,终于还是收束了自己的行为。

在两条这样的小公路交叉的十字路口,有一条被雨雪浸湿成了黑色的长椅。我坐在这椅子上,耳边的水声顿时就更响亮了。小溪就在长椅下面,另一条小溪和它在这里相遇。它们在地下短暂地隐蔽了一下以后,就又顺着各自的方向奔流而去了。

水声是从四面八方来的,它们在午后的安静的阳光里显得特别嚣张。我东张西望地看着,听那偶尔响起的缓慢的脚步声与水声的谐奏;看远远近近的一株一株的树,以高高矮矮的方式在这

一个叫作巴特塞京根的地方　　037

莱茵河谷里的小城一角

样的旋律起伏中的标注。

　　树后面有零星的小房子，那是德国人周末的时候休闲用的小屋。门口有小秋千、小木马，还有沙坑。尽管现在没有人，还没有到使用的季节，但是似乎已经能听见里面的欢声笑语了。那样的欢声笑语会响彻家庭的角角落落，响彻周围环绕的丘陵和丘陵上郁郁葱葱的森林。

那一处最高的山顶上有一点点白白的雪,雪边上是一座红红的房子。那座房子里面,也有着和它的外表一样漂亮的生活吗?

想象使人蒙眬地有了睡意,眯着的眼睛从遥远遥远的想象里收回来的时候看见的是地上的树影。长椅后面的树还没有发芽,但是投到地上的影子已经有了萌动起来的意思。影子里有了芽的意思,它们已经是斑驳的了。这斑驳的树影之外就是一个十字架。只在腰间垂着一条布的耶稣痛苦地挂在上面,脚下有些塑料的花朵,仿佛中国的乡村外的小庙。只是他没有自己的房子,在这样的原野里更显得有英雄色彩和悲壮的意味。不过,在这春光明媚的午后,他的殉道形象已经弱化了。一片祥和之中,他也仿佛暂时脱离了痛苦。

有好几次我都忍不住要摸摸自己的胳膊,看看自己是不是正坐在这里,坐在一条长椅上,坐在一个悠然的下午,坐在WEHR郊外的一个小小十字路口上,坐在早春时节德国南方莱茵河谷的山坡上!

坐在这样的鸟鸣啁啾水声潺潺的环境里,视野之内的景象似曾相识。在电影里,在图片里,在旅游手册上。它们是人类幸福生活的一种范例,一种可望而不可即的理想。

在完全不经意间的这个发现,使我找到了这次出来或者说是每次出来内心深处所要找的东西,找到了也就明确了自己内心里的所思所想。

时光啊,这时候有了一种稳定的绵长感;你可以尽情地在这个时刻使用它,从容地沉浸在温暖生活与优美自然的和谐里。

从"WEHR"走回来

已经是第三次去"WEHR"了，但是这一次不同于以前，这一次是合家一起。为了能合家一起去，还给儿子请了假。因为3月14号是一个周五，不是周末。而另一个不同于以前两次的计划是，准备从"WEHR"徒步走回来。沿着公路走一段，再沿着山间的小路走一段，合家一起在山光林色里步行，应该是非常非常惬意的事情。阳光这么灿烂，春天的上午这么明媚，一切条件都达到了最佳。

上午十点下楼，过了马路，一辆银灰色轿车的前门立刻打开了，里面出来一个又高又胖的德国老头，笑眯眯的。其实他当时也就是五十多岁，之所以说是老头，是因为这个德国男人的脑袋很大，又秃了顶，加上胖，几个条件一凑，就是一个人在婴儿时期已经明确地预演过了的那种胖大老头样了。

他叫威尔海姆，是妻子这家公司的客户，住在"WEHR"，今天是邀请妻子去谈事情，但是想到我一个人在家，就说一起来吧；说我可以和他的秘书谈，然后一起吃饭。

妻子马上在E-mail里表示了感谢，说不仅我要去，孩子也要去；但是不准备吃饭，谈完了我们自己在户外转一转，然后自己回来。可威尔海姆马上就回信说不妥。

这下可让我们踌躇起来，他这个"不妥"是说将工作和游玩结合在一起的不妥呢，还是说不吃饭不妥呢？直到临下楼之前，我们还在犹豫到底今天是去还是不去。儿子一听说有可能不去，就很高兴地叫喊起来，不上学，在家里，不用到外面去，这是他最想要的：可以玩游戏，可以看电视，可以看书。

我觉着还是别那么脆弱，为了能实现我们自己的计划，管不了那么许多。后来的事实确实也证明，人家并不是觉着工作游玩结合不妥，而是说我们不参加他的宴请不妥。上车以后，送了他礼物，一条铁盒包装的杉杉牌的腰带，交谈得就更热烈了。

他是原来东德的人，因为自己掌握现在年轻人都不愿意学习的铸造技术，这些年以来在这边干得不错，安家于"WEHR"，又另外租了办公室，雇了秘书。后来他的秘书被诊断出癌症，只能上半天班，而且也不能再干什么有用的工作了；但是他出于人道的考虑，并没有辞退她。

他的用度都很讲究，车是几年一换，手机是随着潮流走，办公用品都使用名牌或标准化的东西。他给我们演示了他的这辆新车的全球定位系统，小屏幕上随时显示着车的位置，遇到该拐弯的地方就有语音提示，很好玩。不过一向对这类东西感兴趣的儿子却打不起精神来了，因为他开的车速相当快，在河谷里行驶的时候还好，一旦进入山地，就开始拐弯了，快速地拐弯就很容易晕车。

从楼下出发，沿着莱茵河谷走，18分钟就到了"WEHR"。不过他执意要领我们去山上看看风景。德国人在礼数上是非常清楚的，绝对不会有让自己欠着别人的事情。这有物质富裕的基础因素，更有人际交往的时候互相尊重的传统因素。

车一拐弯就开始爬高了，随着高度的上升，弯儿拐得也就越来越频繁，后来干脆就是一直在拐了，几乎没有直路了。我和儿子都晕了车。上到山顶上的时候，实在支撑不住了就叫了停车。儿子蹲在地上难受，我们站在旁边束手无策。他一个劲儿说，我做了错事，我做了错事。

风很大，雪还没有化，山顶上一片高原的景象，一个一个的村庄都在远远近近的山顶上，森林为它们让出了片片开阔地，积雪却将一切能覆盖的东西都覆盖着。

休息了一会儿，威尔海姆慢慢地把车开到了他计划要把我们带到的观景点，一个能俯瞰山下的"WEHR"的地方。半路上停了一次，因为路边有一个牌子，上面画着这山上的一套内部取水供水系统的原理图。他以自己职业的爱好给我们讲解着，因为头晕，也因为毕竟还需要妻子翻译，所以也就听个大概，便点着头做懂了状了。

从山顶上俯瞰的时候，莱茵河谷和"WEHR"小镇的全貌就都尽收眼底了。其实我们所居住的地方只是广大的德国南方高地上一条狭长的河谷地带上的一个点。这里大部分地区都是高地，是森林覆盖着的高地，是由一个又一个密集的丘陵状的山丘组成的林地高原。

村镇在这高地森林之间开辟出来的一块块空地上，红色的房顶，白色的墙；起伏的小公路若隐若现地连系着它们。这一切的背景，是远远的高高的阿尔卑斯山。威尔海姆充满感情地为我们描述了每到夏天的时候这高地森林里的热闹景象，说车来车往，森林里经常可以遇见徒步旅行者，饭馆旅馆的生意格外兴隆，等等。

在山顶上照相留念以后，他又小心地把车往下开。走到一半的时候，我和儿子先下来了。因为我看见路边一闪而过的地方，有一条从森林里开辟出来的路，那一定是可以下山的路。

他们继续开车下山，我和儿子向回走了几步，去找那条刚刚闪过的路。

脚踏实地地走在阳光透过森林照射着的地面上，我和儿子的愉快是油然而生的。因为不必再坐车，因为躲开了那种左右盘旋的晕头转向。儿子很快就恢复了正常，而我则很难在这么短的时间里恢复过来。在某一个角度，某一个转头的时刻，头脑就会又处于某种眩晕的状态。这种状态不睡觉是很难消除掉的。

在森林中，在倒下的大树干上，我们坐着休息。儿子把包当枕头躺在上面，又开始说笑话。见我拿出小本来记录，就说你写上我学驴叫。这段时间他经常在我的阻止、申斥中继续大声地学驴叫，那种"咯儿咯儿"的驴叫声学得惟妙惟肖。不过在森林里响起驴叫声总是不伦不类的。这种不伦不类的感觉更让人发笑。

我们互相搭着肩膀，一步一步地往山下走，幸福的光阴像林中的阳光一般明媚和安静。嘴里不由地反复念叨起这样两句诗来：

  远芳侵古道，
  晴翠接荒城。
  又送王孙去，
  萋萋满别情。

虽然和眼前的景致只是在春天这一点上相符，别的并非当下所见，但却总是感觉这几句诗明确地道出了自己当下的那种在森

天明在"WEHR"森林里

林里和儿子一起步行着的感觉。唐诗的意象,唐诗里那种人与自然的关系,在这个世界上如果说还有那么一点点遗迹的话,也许只存在于这样的地方了。

儿子在山脚下的林地水域发现了青蛙卵,是一片中间有黑点的晶体,非常神奇。他说以前只在书上看见过,这回见到了实物。

从森林里出来,像是从夜到了昼,明媚的阳光和陡然上升了的气温使人有从一个世界到了另一个世界的感觉。回头看看,森林里一片黝黑。黑森林之名，恰如其分。

我们从林子里突然走出来，在山坡上圈养的羊和鹿都很吃惊，不错眼珠地盯着我们看，逗得儿子直乐。

走到林子外面的时候才发现，风很大。这多少使明媚的阳光减了色。虽然这里的风绝对没有沙土掺杂，但是毕竟还是有透骨之凉啊，所以很快就走到了以前来过的那个水库边上。儿子拿出书来看，为了躲风，换了几个地方，最后在上坝的小路中间的一个长椅上坐定了。他看一篇文章就让我也看一看，然后交换一下意见。他在我看的时候呢，就侧坐在这小路的栏杆上，向下打滑梯，自己逗得自己一个劲儿笑。

我们一家三口重新会合以后，继续游览。沿着上次我来的时候发现的那条风景很美的森林大路，上到了缓坡地带的小十字路口，又上到了高坡上的小路上。可惜是风太大，想找一个避风的地方吃饭而不得；和想象之中的合家在春光明媚之中的漫游有了不小距离。

最后只能草草地吃了带来的东西，一家三口开始往山下的小镇走。在公共汽车站，儿子去了趟厕所，出来以后又欢天喜地地接着走。走着走着，看见前面一辆车停在了马路上，一个女人有点惊慌失措地站在车边上。她想到马路这边来，就不看后面的车贸然而行，导致后面的车在她跟前来了个急刹车。

她跑过来居然是冲着我们。第一句话是问讲不讲德语，第二句是有没有手机？拿着妻子的手机打了三分多钟以后总算把事情给家里说清楚了，又表示了一下是不是给点钱。妻子说不用了，说我在这里也有德国人帮过我的忙，人家也没有要钱。那女人就很朴实地道着谢回她的车那边去了，这回走得就不像过来的时候那么慌张了。

帮助了别人的那种愉快心情使妻子的脚步有了力量，打消了原来准备坐公共汽车回去的念头。我们继续走，离开主干公路以后，路上的汽车就很少了。路边上有一个大大的木桶，是用一片片的木片箍起来的，因为年代久远，有的木片已经破损了。这就是德国人过去所使用的洗澡盆，好像能盛一吨水。妻子说她在一个大城市的展览馆里也见过这个东西，当时还有人在里面现场洗澡表演。

儿子一听就大笑起来，说就光着洗啊？妻子说可不光着洗啊。我们俩看着儿子笑的样子，也笑起来。路程就这样变得不再漫长了。好心情和坏心情一样，会由眼前的景物推波助澜或者助纣为虐。人经常只是心情的奴隶，大人不过是长高了的孩子，而孩子身上体现着成人所有藏到了无表情背后去的真实。

到了"OFFLINGEN"村，离开大路进入上次骑车带儿子来过的地方。他们俩进超市买了一点儿好吃的，这样走起来更有了劲儿。

出了村子到了森林边上，有一个野外足球场。德国的很多乡村，都是有自己的足球场的。公用设施是政府修建的，而不管队员还是观众则都是自发自愿的兴趣使然。这个山林边上的足球场，看台是顺着山坡排列的一溜长椅，山后就是森林和小公路。这大约是我所见过的观众座位最少的足球场了，当然也是环境最好的足球场。

我和妻子坐在长椅上的时候，儿子自己跑进去在草坪上转了一圈，又到球门前面感受了一下，然后就趴在栏杆上，像个浣熊一样吊在那里。夕阳正照耀在草坪和他的身上，使这野外只有我们三个人的足球场显得格外奇异。

享受了一会儿足球场似乎一直回荡着喧嚣的静谧，发现路边上沿着山脚有一条小路，判断应该比走大路近，于是就在黄昏的已经发红了的阳光里走了进去。这一走没想到越走越远，高大的林子里只有鸟鸣和水声，脚下的小路边上都是厚厚的积年的落叶。我手里拄着一根棍子走在最前面，妻儿在我身后，紧紧地挨着一边走一边说话。曲曲弯弯，上上下下，时而进入一片终年不落叶的松林，时而又来到一片叶子落得很干净的阔叶林；时而黑暗，时而光亮，忽夜忽昼，但是总的来说随着夕阳最后的余晖越升越高，下面的林子里就越来越暗了。

这种日暮时分走在森林里的新鲜经验开始是很让人兴奋的，不过到了这个时候就演变得让人有点害怕了。连一直跟着妻子的儿子都赶紧跑到我身后来了。

突然，前面开朗起来。原来到了"BEGRSEE"，就是那个山顶的小湖。出林子的时候天已经黑透了，回头望一望，那是绝对不敢再向回走的了！

手里的棍子放在了刚刚出了森林的一棵大树的后面，每次进入森林都会找一根棍子，既是拐杖又是武器，每次出来的时候都会存放在一个地方。这样，多少次下来，我们已经在森林外面各个地方存了五六根了。让人感慨的是，几年以后妻子重回巴特塞京根，居然就在一处山坡森林边的长椅后面，找到了这次合家穿行之后留下的木棍。

其实这时候林子里还有很多人，湖边有散步的；我们走的林间小路上也有骑自行车的，就是那种戴着头盔穿着紧身衣的专业打扮的业余骑车爱好者。他们都是开车来的，把车放在一个地方，然后自己去运动。他们开着的车，都是奔驰、宝马、大众之类，其在我们印象中的奢侈的身价和这种开着上山的用途之间的强烈反差，只能是又从一个角度说明着一个问题：德国人的生活状态是接近于他们自己的先辈描述过的大同理想的。

又及：

过去了几天再记述这些事情的时候显然就只记得一些梗概了，一些更有意思的细节和感觉都丧失掉了。记述起来也就没有多大意思了。这不能时间自由地使用一台电脑的弊端，实在是太大了，直接损害了现场的感觉表达。

再及：

很多年过去以后，重新翻看这些笔记，很是感慨。感慨在德国莱茵河谷的森林之间，徒步穿越森林翻越山脊的由黄昏而至于夜色中的宝贵经历。那样当时也不太当回事的经历，如今看来，实在是珍贵而不能重复了。

德国的门

在一个对自己来说是全新的国家，会有全新的感受，语言和人种自然不必提，就是身体的一些感觉上也是经常出乎意料的。就说每天这开门关门的感觉，就与国内大相径庭。

如果不亲自体会，是很难注意到的，德国的电视电影里就有女士开门前往往先需要调整一下自己用力的姿势，以便用出足够大的力来开门的细微动作。即使是学校，大楼的门甚至教室的门，也都需要小学生们、中学的女学生们用足自己的力气，甚至弄得脚步都有了点儿踉跄。

德国的门在被推动被拉动的时候，真真切切地让我们感到超过了我们关于门的重量的想象力的惊讶。办公室、学校、商店、教堂，无门不重，即使是幼儿园，那门也是不用大力无法推开的。还不管是铁门、木门、玻璃门，德国的门都有这个特点。仔细看，和德国别的金属制品一样，门上的把手、门侧的旋钮都非常精致，看不出来有什么机关。

请教以后才知道，德国的门除了具备一般门的性能之外，还有一个重要的功能，那就是防火墙：只要门关着，任何一个门一侧的火都不会烧到另一侧来。门里面都加了防火材料，而防火材料是有相当的重量的。这一点在使用最为普遍的木门上体现最为明显，而玻璃门也做得那么重则完全是因为习惯使然了。

和厚重的手感不太一样的，是德国的门的开法。是的，开门吗，都是推或者拉而已，这个全世界普遍的规则在这里并没有什么两样。这里说的，是交通工具上的门。这种门都是按。对，按按钮。地铁和火车之类的交通工具上的门并不是总开着的，一个人上了车，门自己就关上了，即使不开车也会关上。这和中国关门意味着要开车的习惯可不一样，关了门也不怕，你尽管去按按钮，门就又为你打开了。

只要有人按按钮，火车就不会开，就会等上你几秒钟。尽管德国的公共交通工具到站、离站的时间一般都是精确到分甚至秒的。但是在门没有关好之前也是绝对不会开车的。这是和德国人口少、对个人权益总是予以最充分的尊重的传统，每个乘客的愿望都尽量能被满足的人文环境有关的。

出于习惯，我们在面对一扇已经关闭的公共交通工具上的门的时候，经常是不得不退却；即使自己很想上这趟车，但是只要人家关了门，那就无论如何也不行了，就非常非常危险了。所以当你站在前面面对关了的门不知所措而后面的德国人伸手一按开了门的时候，你就总是有点喜出望外，有点不太好意思。

在一个人口压力很小，或者说根本不存在人口压力的国家里，个人的意志经常是这样被尊重着的。你个人在特定的情况之下有什么愿望，只要是符合社会规范的都尽量会得到满足，而满足的方式也尽量是自助的，是由你自己来完成的。

在德国，所有的服务都讲究自助。所有的服务都设计了由自己来完成的方式和机制。既节省了人力，也充分显示了对顾客的信任。买车票如此，检票如此，去文化商店里复印也是如此：你进了门只管自己去用，印了几张向柜台上交几张的钱就可以了，没有人检查你到底印了几张；在邮局里，箱子和胶带之类的东西都放在柜台外面，想寄东西自己在那里面去找合适的包装即可，价钱都写在标签上了，到柜台那里和邮资一起交清。

我们生活在人口众多的环境中，那种人人争先，人人恐后，资源能源都会在你使用之前有枯竭之虞的压力，经常悬在头顶。

我们已经习惯于在拒绝面前无能为力，以此维持着运转的超负荷的社会，用秩序这个不容置疑的原则，把个人在社会生活中的舒展度压到了较低的限度。人类的尊严有各种各样使之成立的条件，其中最重要的一条就是人类的数量在一定范围内。超过了这个范围，不仅尊严是不能保证的，即使生存也难矣。

德国的门不是那么容易开的，但是只要打开了，里面迎接你的就是对个人的宽容度很大的空间。

狂欢节游行

很早很早街道两边就开始陆陆续续来人了，他们或者是夫妻俩或者是带小孩儿的一家人，或者是情侣，或者是单独一个人。大家从各个角落拥到了这里，站在路边上，等待着什么，喜气洋洋地等待着什么。

经过了一个冬天的沉默，街道上突然热闹起来，这种热闹就是节日，至于节日的具体内容，实际上对越来越什么也不信的现代人来说，是无所谓的。对孩子们来说就更无所谓了，只要和日常生活不一样，大人也像他们孩子一样兴高采烈的，管它是什么节日呢。当然即便他们压根还不知道对节日的名分去追问，父母也会利用这个机会来讲解的。

这样，从大家扶老携幼地都走上街头开始，从警察在这交通要道的口上设置了栏杆并在那里溜达开始，节日的序幕就已经拉开了。

一个不知道是什么身份的人挨个发给大家一个胸牌，大小仿佛名片，赭褐色，很方便地就能挂在衣襟上。那个发放者发过一遍就又回头挨个看都还有谁没有，谁还没有挂到胸前。他检查着，顺便和路边上站着的男人握着手，路边上的男人们似乎很以能和他握手为荣耀。

这样一来，不管男女老少，大家胸前就都有了一个牌牌，仿佛什么国际会议集体照相的时候的队列。用我们的话大抵会说煞有介事，而对德国人来说任何管理措施，即使是没有什么太多实际意义而只具有形式感的措施，也都是他们愿意遵守并且一丝不苟地执行的。

在后来的整个游行过程中，观众几乎没有人先把自己胸前的这块名片拿掉的。游行结束之后地面上也没有一个被扔掉的，他们应该是都把它拿回去当纪念了。

大家挂着牌牌站在队伍里，站得有点距离地互相说着话；没有距离的是情侣或夫妻。一些夫妻或者情侣互相抱着，似乎是做给大家看、而大家又绝对不会看地拥吻，表现着两个人之间的绵绵情意。接过吻以后就抱得更紧了，仿佛一会儿的游行有可能使他们分开很长一段时间似的。这种公开场合的秀恩爱，是一种行为习惯，是一个传统；既是表达的需要，也是众人在场的气氛环境下的自然而然。

游行的队伍迟迟不见踪影，大家却并不急。一直等着，似乎这样等的时间越长，快乐就越多。逐渐凑过来的人把路边上的窗台和台阶都站满了。窗台上除了个别小孩子以外，大人是不站到上面的。他们只是把屁股靠在上面，不用使自己的双腿完全支撑体重就行了。这样的等待时间，成为出来看游行的一种仪式性的重要组成部分。成年人大概习以为常，在孩子心里则给足了酝酿发酵的想象力驰骋的空间。

在大家都各就各位很长时间以后，游行的队伍终于在锣鼓喧天的声音里来了。人们翘首以待，喜形于色，随着乐器的节奏左右摇摆。

那种摇摆使大家的脸上开始洋溢着一种准备忘我的色彩，这种色彩互相感染着，使准备进入忘我之境的人越来越多。他们摇摆的幅度和节奏显然不是中国式的，但也不是美国式的，而是一种介于两者之间的幅度不是很大，节奏感比较单调的摇摆。如果有什么民族节奏的话，这里已经开始体现出来一点儿了。

游行的队伍分成了特点鲜明的很多组，有的是山民打扮，红脸膛，黑西服，脖子里系着手巾；有的是魔鬼打扮，戴着长鼻子的面具，穿着绿色为底的花衣服；有的扮成黑熊，有的扮成野猪，有的扮成莽牛，奇形怪状，色彩缤纷。而且每支队伍有每支队伍的音乐，节奏是不一样的；可互相之间又似乎是有着什么联系，就像是中国的大秧歌，不管怎么扭，都脱不了那几种节奏特点。这就是民族节奏，是隐藏在民族心理深层的一种音节与韵律。

德国民族的心理节奏既是贝多芬的系统性的鸿篇巨制，更是这种游行队伍里的欢快和执拗。德国人在狂欢的场合扭动起来的时候的节奏上的相似性，在这里表现得淋漓尽致。

有一支队伍是消防队，几个队员驾驶着一辆老式的消防车，还有手摇式的喇叭，能发出和现在的电喇叭如出一辙的警报声。几个消防队员象征性地在前后左右护着车，一个还骑着一辆大自行车,很像中国产的"大二八"。他们似乎并没有穿最正式的消防队员服,但是钢盔和衣饰上的军装色彩还是很明显的。以他们的人种加上这样的装束,一下就让人想起了那在半个多世纪之前非常著名的军队。钢盔下的大鼻子和多少有些笨拙的脚步与身手,这是德国军队给人人的印象。这几个旧消防队员身上完全具有这样的特征。

每支队伍过来的时候,队伍里的一些人,通常是戴着面具的人,都会向着周围撒糖果。搞得小孩子们争先恐后爬到地上去抢。另外一些人则是撒纸屑的,抓了满手的彩色纸屑大把地向着人们头上撒去,很像中国的婚礼上的那种撒彩屑,目的在于营造出来一种五彩缤纷的气氛。有的撒纸人比较漫无边际,冲着人群一扬;有的则很有目标性,找准了某一个女人,趁其不备,把满手的纸屑直往人家的长头发里按,一边按还一边揉。那被揉了纸屑的人,马上弯腰低头用力地往外掏着、掸着脖子和头发上的纸屑,再仰起头站起来的时候却是满脸的笑。这和中国泼水节上的景象已经很像了。

有一支队伍的人似乎对观众之中的青年女性最感兴趣,冲过来又是抱又是吻,拥着那装着不愿意跟着走的女子一直走很远,那女子的男友依旧站在队伍里也不急。等一会儿那女的摆脱了拥抱向回走,脸上充满了得意之色。

谁被人家抱着走了,说明谁有魅力。因为这一切都是在街道两边的观众的众目睽睽之下的,大家见怪不怪,一点儿也不以为意。这下也就知道为什么年轻的女孩都愿意站到前面了。这样被游行者抓到队伍里去走一遭是她们有青春魅力的证明,还可以为站在身后的男友脸上增光。

鼓乐之声中,大家看着这样的场面脸上都充满了笑意。这就是过节了。

游行队伍过去了,两边站着的人逐渐地四散而去。孩子们跟着最后一支队伍,充当着尾巴的角色,目的是捡地上漏下的糖;或者就是没有目的地跟着。各支队伍都到了教堂广场上,在那里接着吹打自己手里的乐器。

游行队伍一走,救护车就开走了,清扫车马上就开了过来,用车头上庞大的吸尘设备清理着满地的彩色纸屑。这是完全有理智和有管理的狂欢,是形式化的、有仪式感的狂欢,是经历了漫长的冬天以后的春天的仪式。

傍晚的时候出去看了看,教堂广场上的活动已散,靠近郊外的地方有了一片灯火通明的临时游乐场,里面有旋转机器,有疯狂碰碰车,有卖各种玩具和吃食的摊位。灯火辉煌,人却很少,音乐和烟气也招不来多少人。没有办法,这是一个本来就没有多少人的城市,再热闹的活动也不会有太多的人气。

诗人公园的门口乐声高昂,很多着奇装异服的游行者在这里跳舞。其实就是站在一起蹦,也是跳的人少看的人多。在那里一个女孩子看见我们,伸出手,口齿不清地喊:"天明!"儿子回应了一声,说那是我同学。

这就是节日。孩子们休息一周的时间,而活动好像就此便要结束了。

夜里站在自己家的窗前,看见一支队伍在回去的路上走到楼下的超级市场门口以后,又奏起了音乐,两个女孩子在这队伍里疯狂地跳着舞。这已经是节日的余韵了。

不过，晚上儿子说，这不是复活节，这是狂欢节。节日无非是国家的、宗教的，或者民俗的几种，对现代人来说除了有一个假期以外，能到公共场所集体放松一下大约就是唯一的目的了。这是一个世界性的趋势，是人类生活趋向单一化的一种表征。

然而，转天3月9日的游行就真正有了宗教的味道了，人人严正，个个肃穆，穿着整齐的黑衣服，演奏着沉郁厚重的音乐。只有大约两万人口的巴特塞京根居然有那么多音乐人才，多少个乐队都有老中青的乐手从前到后渐次排列。

每支队伍前面都有一个右手绝对不动一动的指挥，因为右手拿着指挥棒，随便动一下的话，后面的乐队就会奏出异样的高低音来。这在一丝不苟一切绝对听从指挥的德国人是发挥的好机会，在没有必要指挥的时候绝对不动一下右手，就形成了一种左手摆动右手不摆动的奇怪的走路姿势。

好在他们的脚步都是舒缓的，每一步都有一份庄重在里面，所以不是很快，这样的摆单手走路的姿势和这样的节奏还是基本相配的。一般来说，乐队后面是会跟着一队打着自己的旗帜的教徒，教徒们的穿着都很严肃，脚步和乐队的节奏是一致的。在扛旗手的身边总是有两个或者四个孩子陪伴，有男孩有女孩，也和大人一样穿着宗教色彩鲜明的长袍或者西服，胸前挂着十字架。这样的队伍里，还有专门的修女队伍、修士队伍；他们黑袍白袍，头发整齐，面容干净，一尘不染，体现着一种宗教在形式上的现代感和庄重感。

人类对于庄重的东西总是愿意以干净整齐这样的形式感来待

之的，它表达了人类敬重的心情，表达了人类对神圣事物的恭敬态度。人在生活中究竟还是应该有所敬爱、有所畏惧、有所信仰的。而信仰中的人也是值得尊敬的。人这种动物只有在信仰状态里才有神的光辉，才有信念和精神的照耀。

观看游行的和参加游行的基本上都是老人和孩子，年轻人的身影很少。老人是信仰，孩子是好奇，年轻人则普遍既无信仰也无好奇，所以不参加。不是说绝对没有，有，但是少之又少。连值勤的警察都是一个白了胡子的老警察，在抬着基督教的什么神圣之物的抬架过来的时候，站在观众队伍最外围的他立刻摘掉自己的白帽子，敬了一个礼，等缓慢地抬架过去以后才又把帽子戴上。几个小孩坐在马路牙子上，兴奋地望着眼前的一切，惊讶和兴奋兼而有之的表情上写满了童年的自然和怡然。

这是狂欢节假期的最后一天里举行的游行，似乎是对于四月下旬即将举行的复活节游行的一种预告。虽然不懂得其中的含义，但是热闹和形式是看见了。站在我们住所窗口"包厢"的位置，将一切都一览无余，无一遗漏地看到了。

等游行队伍过去了一会儿以后，偶然再掀起窗帘，看见楼下正有这样的一幕：一对瑞士老夫妇开着车过来参加了宗教典礼以后，正回到车边上。那是一辆瓦蓝色的奔驰，牌照上有明显的白底红十字瑞士国旗。老头打开后备箱，把自己已经装进了带架子的衣服兜里的衣服，往衣服盒子里放。夫人正笨拙地打开后车门向里钻，而跟他们来的一个朋友在夫人往里钻的时候用手拦了一下，意思是我坐后面，你和你丈夫坐在面前。但是夫人显然是执意请他坐前面，他也就不再坚持了。不论是夫人还是朋友还是丈夫，开门关门的动作都已经有些迟钝了。似乎只有他们这个岁数的人，才会专程而来，才对宗教保留着这样一份真诚。

各就各位以后汽车缓慢地后退了一下然后向前，转弯，沿着大路驶向了瑞士方向。

一年一度的宗教盛典就这样结束了。这次活动大约要成为他们以后生活中一段持续很长时间的话题，能不能人员还这么完整地参加明年的这个活动已经是未知数了。尽管有数据表明瑞士和德国的老人普遍都活过了85岁，九十多也很平常，但是毕竟是日落时分了，生活的纯酿甜美平静到了顶点，也接近了终点。作为人类的成员，他们确实应该感谢上帝，让他们诞生在这世界上最富足最美好的地方。

几个孩子

一个民族的后代决定着这个民族的未来。一个国家的孩子们的状态，实际上完全是大人们状态的反映。

德国的孩子和德国的大人一样，循规蹈矩，墨守成规，在展示活力的同时普遍尊重他人、在意社会观感，对秩序和礼貌之类社会公共原则都严格地遵守着，绝少见到胡作非为或者打架斗殴者。即使是身高120厘米左右的小孩子，见到了外国人，迎面相对的时候也都很有礼貌，一点不怯场，大大方方地和你握手，打上一两句简单的招呼。而只要一到高年级，随着身高逐渐到位，孩子们的表情和动作就都有了成人的意思了。除了一张过分年轻的脸以外，几乎和成人无异了。

女孩子们当然也还是有自己的特点的，即使到了身高接近成人的时期，她们也充分地显示着自己的年龄特征：长腿上裹着喇叭裤，长头发，叼一根雪白细长的烟。即使不需要带任何东西也一定背上一个双肩挎，那是全部服装的一部分。长发、抽烟和双肩挎，几乎是青春期的一种符号。一旦成家立业就不再是这副打扮了，就会朴实起来，就会像她们的上一辈一样成为一个坚决维护家庭荣誉的德国家庭主妇。

大男孩儿们都穿肥大的牛仔裤，短头发上抹上定型胶，让它们都向上耸起来，配上长条形的欧洲脸型，显得很精神。男孩子们一般是不抽烟的，他们的肢体语言要比女孩多，但是又绝对不会轻易地侵犯到别人。

在学校大楼的门口的大厅观察，会发现他们也有搂搂抱抱追追打打的行为，但是从来没有看到演化成个体之间的冲突的。

一个民族，能使青少年都严格地尊重他人，抑制自己几乎是不可抑制的肢体冲动，实在是了不起。一个退休的德国老教授就这一问题解释说，德国人从两次世界大战中吸取了教训，教育自己的后代一定要记住，任何时候动用武力都不会有好结果。一个人要避免进攻性，进攻性是属于低级动物的，其实即使是动物也很少对同类显示自己的进攻性。这一点倒是和中国的老庄哲学、墨家传统相符了。德国人在日常的工作和生活中，的确是将孔子的有为和老子的无为很好地结合了的。

一个民族要屹立于世界，靠的是经济实力和民族所有成员整体的文明程度；没有前者很难有后者，而且往往需要前者稳固持久,后者才有可能也稳固持久。当然,这只是一种可能性,是可能因为有了前者才有了后者,而不是一定有。

经济实力有了,丧失了文化和信仰,建立不起公平民主的社会秩序,或者是去发展武力,或者是一味地陷于经济之中,都不可能使民族真正在世界上屹立起来。这就是为什么同样是经济实力一流的日本,在世界上得不到像德国人这样被尊重的地位的原因。

儿子经过最初的语言障碍期之后逐渐能说简单的德语了,同班的同学们就更觉着有意思了。经常有孩子放学了还会跟着回来,一起玩一会儿。一个周末,他班上的几个女同学相约一起来找他,在家里玩耍。游戏的趣味与语言的磨合之间经常会产生让他们都觉着很有意思的乐趣,这几个白皮肤蓝眼睛黄头发的女孩儿时而安静时而奔跑、笑闹,不知不觉就玩到了中午。

于是给他们做饭一起吃。在挂面汤里,她们都觉着虾皮很神奇,拿到桌面上仔细看,问黄色的虾皮上的那个黑点是什么。AUGEN,妻子告诉她们是"眼睛",小虾的眼睛。这一下她们都呆住了,说什么也不吃这个虾皮了。

将肉食制作成工业制品的形状,彻底不让动物原形显露出来,这是西方饮食中的一个所谓的原则。这个原则当然在一定意义上是虚伪的,只要看看德国人均消费的猪肉量高居世界前列的数据就可以明白;但是,在具体的饮食现场,这样的原则对人尤其是对孩子还是有一定的教化作用的。对其他生物的尊重,包括对给我们提供必要的饮食材料的其他生物的尊重,可以引导孩子们从小就树立起对生命的敬畏感。潜移默化地影响其成年以后的行为与思想，从而为整个社会的良性运转提供最基本的人心保障。

德国孩子大致都是这样一种状态，蓬勃的生命力表现在玩耍和运动上，表现在对知识的渴求与钻研上；人和社会之间、人和人之间的表现更多的是安静和尊重。

这里说几个生活在德国，但是原籍并不是德国的德国孩子。

这个土耳其裔小孩是个小个子，他和儿子在一个班上。儿子刚刚到学校上学的时候妻子去接，别的孩子都觉着很新鲜，都跑出来看；他也跟着跑过来，使劲仰着头说这说那。

很有意思的一件事是，他一直在努力说服妻子，让儿子跟他学柔道。说到柔道协会学一次2欧元，儿子跟他学一次1欧元，还可以借给儿子腰带，说完就比划了几下柔道的招数，意思是他已经学会了。

这样又有荣誉感又有钱可赚的事情是他所向往的，他抓住任何一个机会显示和推销着自己刚刚学来的技术。不过，善于推销的人还善于学习，在知道妻子的英语不错的时候，他马上就表示说要跟妻子学英语，而且立刻就说到了价钱，说学一次10欧元行不行？妻子没有正面回答他。

第二次又见了面，他说："我问了别处了，有的2欧元，有的1欧元，像我这么小的也就1欧元吧！"妻子笑了。又想学，又想将价钱降到最低。他的小脑筋转得很快啊。土耳其裔在德国占据着几乎所有的体力行业的职位，他们精打细算，又人多势众，逐渐形成了一个只讲土耳其语而不讲德语的自成体系的小社会。这一点很让德国人无奈，在一个国家不讲这个国家的语言，而聚集在一起讲这个国家的人听不懂的语言，这是让这个国家的人觉到隔膜的最简单的方法。

儿子在那所学校上了几周以后,就到这小城里最好的一所中学去上学去了。中学里有五年级,这和国内是不一样的。这个土耳其裔小孩听说了这个消息,马上就又跑到妻子跟前说,我以后好好学习也会到那个中学去上学的。言外之意别看现在自己去不了,但是将来能。因为能到那个中学去上学是一种荣誉。一是成绩,一是人品,都是出类拔萃的人才行。

方圆很多很多里之内的好学生,都来这个以一位本地著名的诗人SCHEFFEL命名的学校上学。每天早晨,火车站那个方向都会走过来成群结队的这个学校的学生。他们都是早晨坐火车来的。坐火车上学,每天往返,在我们看来几乎是不可思议的事情。一切可能性,都被人口数量的压力和乘坐火车的繁复手续给封住了。

坐火车上学是不可能的,每一个个体的选择性,也相对要窄,这是不发达国家和发达国家最重要的软件区别。我们学得来人家硬件上的高楼大厦,但是更应该学人家普遍行为自律的民族精神。

黄头发的斯拉娃来自俄罗斯,她母亲是当年流落俄罗斯的德国遗民,嫁给了俄罗斯人,又离了婚,现在回到德国。她长得又矮又胖,已经完全是俄罗斯那块土地上的人的模样了。她说德国好,政府给她付房租,给她失业保险,让她带着孩子能很好地生活下去。她在俄罗斯这么多年,住的都是筒子楼里的一间房。

她的德语还不是很行,但是她的孩子来了一年就基本上掌握了德语,因为他总是出来玩,见了谁都说话,所以在口头语言上进步很快。不过,虽然他很愿意和别人说话、和别的小朋友一起玩,却没有什么朋友。

初看这个孩子,也还是不错的。能言善辩,总是滔滔不绝的样子;说话也总能给对方留着点面子,不过非常固执己见,为了一点点利益绝不松嘴,这个特点是很明显的。

也许是这种只考虑自己的利益和喜好而不考虑别人的特点,使他比较孤立吧。他和儿子是在校长那里一起学德语的时候认识的,可能是儿子的忍让和随顺使他觉着自己找到了朋友吧。所以在一段时间里几乎天天来,来了以后又是叫喊,又是跳跃,很有活力。可是逐渐他的缺点就露了出来。比如,把已经送给了儿子的掌上游戏机又要了回去,让儿子噘着嘴生了好半天气。再比如,要把她妈妈来做客的时候送给我们家的礼物,一盒不足3欧元的巧克力再拿回去。

一次,他要借4欧元,说是圣诞节的时候他妈妈给他10欧元的压岁钱,他就可以还了。妻子就借给了他,可是圣诞节已经过了,他从来也不提这件事。那天我们一起在街上走着的时候,他突然拉着儿子对妻子说,我们去买点吃的东西。很快他们就回来了,一人一个1欧元的巧克力。他的意思是,他给我们儿子花一个欧元,就算是把四个欧元都还了。果然,那以后他就再也没有提过还钱的事了。

有一天,他打来电话,邀请儿子去他家玩。妻子问儿子去不去,儿子坚决地说不去。斯拉娃马上就说,为什么每次我让他来他都不愿意来?妻子说他现在有事,明天吧。他立刻在那边说,我明天没有时间。妻子说那就周末。他说我现在就想玩!言外之意是儿子必须现在去，以满足他想玩的愿望。他这种只考虑自己不考虑别人的性格特征，如果保持到成年的话，未来就会是一个不大受欢迎的人。

那天，隔着窗户看见下面的小广场里有一群半大的德国孩子在踢球。斯拉娃坐在一边看着，人家在踢的过程中有了什么事，他也赶紧跑过去看。可是那些人对他的存在几乎是视而不见的，他很寂寞地始终没有能参与进去。

我让儿子看看，那是不是斯拉娃。儿子确认了是他以后马上就把头缩了回来，怕被他发现了以后上楼来找。因为这之前电话响了一大会儿，因为一般的电话我都不接，接了也听不懂。所以斯拉娃就认为家里是没有人的。那一天，我和儿子出去散步的时候，一出门儿子就东张西望的，说是别让斯拉娃发现咱们。

有一种观点认为，从俄罗斯回来的孩子之中，有不少都是问题孩子，往往有暴力和不讲信用的倾向。难怪斯拉娃找不到朋友了，何况他自己的表现又在一定程度上证明了这种观点。一个人由人家不认识到人家认识，到人家认识以后的态度，实际上都是由自己的所作所为来决定的。中外古今都是这个道理。

一包糖豆

拉着大人的手，往比他们身高还高的腿上蹭着，一边蹭一边摇摆着身子，嘴里嗯嗯着，仰着脸，看着大人的脸以决定自己的面部表情是继续痛苦还是破涕为笑。这是孩子要什么东西而大人不给买的时候经常能见到的一种情形。

　　这种情形即使到了今天也还在儿子和我之间上演着，不过已经没有这么典型了。不给买的话就噘着嘴，跑一边生气去了，时时回头瞄上你一眼，你一笑，他就越发做出不理的动作。这一招在出去玩的时候是很有效的，因为他那种状态破坏了游览的兴致，破坏了在一个风光明媚的地方的好心情。所以就答应，答应回来给买。只要答应了，答应了回来给买，他的状态也就逐渐扭转过来了。他等待着大人兑现承诺。

　　从外面回来的第二天傍晚，他终于想起了前一天获得的承诺，提议立刻就买。

　　在春天的气息比较明确了的这一天的黄昏，在街头巷尾都有了比平常多了不少人的这第一个春天的傍晚，我们融入德国人中间，走向那门口永远站着几个土耳其老头的超级市场。他们闲来无事，就是站在超级市场门口说话，一边说话，一边观察着街上的人们；然后又把刚刚看到的人们加以品头论足，成为话题。

　　几乎是儿子领着我，熟练地进了门。上楼，在琳琅满目的货架之间穿梭，寻找着她妈妈经常给他买的一种巧克力饼干。可是没有。没有，已经卖完了，还是不再上那种货了？不得而知。语言不通，无法询问。转眼之间就找不到他那小小的身影了，赶紧转着找，一排一排的货架挡着视线，恨不能让自己的身体突然高到屋顶上去，一眼就能看见他在哪里。这是一种儿子很小很小的时候，我自己带着他养成的习惯。那时候，确实是怕他在懵懂无知的状态里走丢。现在呢，现在似乎是怕自己被他丢了，被他丢在这异国的超级市场里。

实际上这里距离我们的家直线距离只有两百米，而且德国的社会治安非常好，这个小城里连偷窃的事情都没有听说过。

空荡荡的超级市场里除了几个营业人员以外就我们父子俩，走到什么位置都没有人管，哪里似乎都是空荡荡的。这时候，儿子已经快步地从一个货架的那头走了回来，说到楼下看看吧，楼下可能更便宜呢，不确定，哪里便宜在哪里买。

楼下比楼上要热闹一些，商品品种多一些。我站在电梯口上的杂志架子前，让他自己进去看。这一去就很长时间，搞得自己站在杂志架子前几乎把所有的杂志都拿起来看了看，满眼都是一个字也看不懂的德语；而且琢磨着，这里虽然是开架，看中了哪一本再去交钱就是了，但是长时间地翻看是不是也不大好呢？

可是左等右等，儿子就是不出来，是不是又去看那游戏机去了？想到这里就有点恼怒，怎么这么不体谅人呢，不知道我在这里站着等吗？寻找之中，终于看见货架之间一个头顶闪了一下，是黑色的头顶，不是有颜色的头顶，很可能就是他了。在预计这个小小的头顶将要出现的那个方向让目光等待着，儿子出来了。

他说价钱一样，不过还是去楼上买吧，楼上那个更禁吃，里面豆多。另外一句话是：这里的游戏机取消了。果然，他在完成了看糖豆的任务以后又去看了看游戏机。没有说什么，给了他几个欧元，依旧还在书架前站着，他上了楼。

终于等到他拿着一小包糖豆回来的时候，马上就一起走出了超级市场。那是一小包有绿色的塑料包装裹着的M&M牌的糖豆，大约类似中国的花生糖豆，只是有比较鲜艳的色彩罢了。儿子拿出一颗，让我尝尝，我咬了一小口，将剩下的一半又还给了他。实际上只剩下了半个皮,半个蓝色的皮。这半个蓝色的皮立刻就被儿子津津有味地吃掉了,脸上挂着一种失而复得的喜悦和得意。

在莱茵河边上的长椅里,我们的脚都放到对面的铁栏杆上,我的腿还伸不直,而他的腿将将能够着。脚在栏杆上有点吃力地蹬着,他不得不把自己的身体降得很低。明显地小了、短了的衣服经这样一坐,就越发地缩成了一团。德国人归家的和出门娱乐的汽车车灯,时时在不远的地方"吼"着跑过;牵着狗的寂寞身影在幽暗里逐渐近了,又逐渐远了。

儿子一颗一颗地看着糖豆的颜色,惊喜地叫着颜色的好看,一颗一颗地仔细地吃着。儿子的兴致变得很高。又是说破案故事,又是分析案情。他说,警察得到情报,两个犯罪分子将在一个夏天的下午五点在一艘船的桅杆顶上会面。桅杆很高,顶上的面积连一只脚都容不下,他们怎么在那里见面呢?思考着回答着这样的问题,我的看起来或者会有一丝疲惫的脸上终于也有了笑意。面对眼前滚滚的莱茵河水和身后啁啾的鸟鸣,两个人都体会到了幸福的意味。

异国他乡的这个傍晚,物质简单又丰富的这第一个春夜,一对中国父子坐在水汽氤氲的莱茵河边,兴致很高地谈论着智力训练色彩的话题。

月亮和星星逐渐亮了起来,他们在水光里明亮起来的面孔上洋溢起了安详和甜蜜的光与影。

一切,都源于一包糖豆。

在德国参加家长会的两封信

慧方：

今天早晨天明起来说梦见"蓝猫"了。在六点多一点儿的时候我们同时被窗外的"锣鼓喧天"给吵醒了。这种锣鼓喧天的节奏是德国式的进行曲，欢快而有那么一点儿傻气。在漫长的宗教节日期间，这样异乎寻常的喧闹的时刻其实已经为我们所适应了。在国内的时候每天早晨不都是被外面扭秧歌的声音吵醒吗，中国人对噪音的抵抗能力早就是世界一流的了。我去厕所解手，天明也从那个屋子里跑过来，还没有看见我就喊我。我说你怎么知道是我，他说从解手的声音听出来的。我们一起笑了起来。

昨天晚上，我们一家三口一起去参加了家长会。虽然这里使用了我们习惯使用的家长会这个词，但是和中国的家长会实在是没有什么共同之处。整个没有围墙的学校大楼灯火通明，门口比平常送孩子上学的时候停的车要多得多。里面三三两两或站或坐的都是家长。德国人、意大利人，还有我们这亚洲人。因为数量少，或者仅此一例，所以一个人种的家庭就仿佛成了一个标本，大家都要看一看的。当然带着孩子一起来的人不多，似乎就是我们。这可能也是亚洲家庭的特点或者说是我们在国内参加家长会的习惯。这里的家长会一般是父母亲一起来，或者是父亲一个人母亲一个人，也有两个女人一起来的，那估计都是外国人，语言不是很通的那种，找一个自己的亲人或朋友里语言好的跟着——当然是不是同性恋家庭也不得而知。人和人之间还是很友善的，见面都主动打个招呼，然后就默默地等待着去了，大家并不费心去过多地猜度别人。

先去见了校长，是一个白胡子的接近退休年龄的老人。很和善，对天明说出口的每一句德语都予以鼓励。在这里不是由班主任把同学们的家长召集在一起开会，而是家长自由来，来了以后想见谁也完全凭自己的意志。事先发给每一个学生的表格已经详细地把每一个老师所在的教室的号码和时间范围都写清楚了。大家都是手里拿着表格走路的。到了你想见的老师所待的教室的门口，那里会放着一张桌子，桌子上有一张纸，上面每十分钟就有一个格子，你可以按照自己的意愿在上面写上自己想和里面的老师见面的时间，但是先来的人已经写上了的时间段你就没有选择的权利了。你只能选择别的时间段了。

我们见校长就是这样约的。我对德国的学校对天明作为一个外国人的容纳和很细致的宽容表示了感谢，并称赞了诸如"电影之夜"之类的学校活动。他很愉快地接受了并不无骄傲地说这是他们办学的传统。

我说些简单的英语，很多话都是汉语，小红再翻译。有的是她直接用德语说的，再翻给我听。我有了什么想法说出来，她再翻过去。

　　我们随后去见了数学老师，因为当时正好没有人在他那里等着，所以我们直接就跟着他进了教室。他是一个非常和善的中年人，有点像中国南方出来的那种在北京的什么大科研机构工作了几十年的科学家的样子。平和而善意的笑里透着一种对他人的充分理解和极大宽容。先表达了谢意，他也客气地回了礼，说天明相当相当不错。这一周又考了三分。

　　他们最好是一分，最差是五分。因为好多题天明看不懂德语，所以不能做。就在这样的情况下，还能得到三分，非常非常不简单。他有很多题都是自己根据图形判断出问的是什么的。当然完全是德语的那种应用题就不行了，即使只有几个词不懂也弄不懂整道题说的是什么。我们听了这样的话自然是很高兴的了。他又说，作为一个这么大的外国孩子，突然进入到这样一种完全陌生的语言环境里，一天六个小时，考验实在是太大了。他说这句话的时候非常真诚，我们都为他所讲述的这个孩子的情形所感动了，再一想到这正是我们自己的孩子，就更感动了。天明知道是在说他，坐在那里有点儿不好意思了，也说了"THANK YOU"。

　　到一楼去见手工老师，也是先写了约见的时间，还有那么一会儿，就到了大厅里一处有食品和饮料的地方。天明早就说了好几遍那个地方了，开始还以为是免费的呢。结果坐下才知道是要交钱的，天明要了一杯可乐,八毛钱,相当于中国的七块钱。在这里的超级市场里这个钱也能买一瓶可乐了。卖可乐的是几个高年级的大孩子,这大约也算是勤工俭学吧。

手工老师是一个老太太,絮絮叨叨滔滔不绝的那种,在世界各地的老太太似乎都有这个特点。但是她的话显然不是家长里短,里面都是有内容的。她说中国灾难不断,说计划生育,说洪水,说干旱,说人多地少,然后又拿着桌子上的一张捐款的表格说她们每个月都要向非洲的坦桑尼亚的一个村子里的两个牧师捐四百块钱,为的是在那里建学校。她说那学校在乞力马扎罗山脚下。坦桑尼亚境内有这座山吗?又说每个学生每周也都要捐7分钱,不过天明不用,你们的每一分钱都有用呢。这几句话我听着不是很舒服。人家说的是事实,但是就像某些大城里的人说外地人一样,这是我们城里人的事,你们乡下人就别管了。我解释了几句,说中国的灾难确实很多,人口多是一大原因,但是也并不是随时随地每个人都深切地感受得到的——事后想想,其实我的辩解是没有什么必要的;不过,这种"维护"的意识完全是自然而然的。除了这一点插曲,别的都谈得很好,她说天明的绘画是"THE FIRST"。她指的大约是想象力,她还说天明非常聪明,有亲和力,善良,不具进攻性——这是德国人非常注意培养孩子的一个特点,他们从本民族的教训里总结出来的经验就是进攻性于事无补。她把刚才那几个勤工俭学的学生给她送来的蛋糕让天明吃，天明谢了，接过来就吃，我们说着话，他已经吃完了。临走的时候，老太太用日本的方式又是鞠躬又是合掌，还撒尤娜拉。我笑着用汉语说再见。一个德国人学日本人的样子的时候，很容易让有点历史知识的人想起并不是很久远的过去那段令人厌恶的历史来。很有国际主义精神的老婆婆在这个问题上显然是欠考虑的。人的局限是体现在各个角落里的，在一个国际化的场合一举一动都会发出或者你自己并不以为意的信息。有人说一出国就爱国了，我并不认为是什么爱国，而是在出国以后的碰撞与比较之中，对误解和歧见有了更鲜明的辨别力而已。

然后见的是地理与体育老师。这是一个典型的德国男人，高大严肃，谨慎认真。见我们说了德语又说英语，就先问我们可以用德语说吗，英语不很行，汉语就更不行了。我们笑了，他似乎也笑了一下，但是并不持久，显然他说这句话完全是从科学操作的意义上讲的，并不是俏皮话。这就是典型的德国人的说话方式，有时候自己已经幽默了，自己还不知道。我们说了感谢的话以后，他并没有像一般的中国人那样含糊地说含糊地听，而是马上说，非常遗憾，因为地理课完全是要靠语言讲授的，我没有能分出时间给天明单独辅导一下。体育课因为第一次上单杠的时候认为他也像这里的学生一样在很小的时候就已经开始接触了，不知道他以前并没有接触过，所以摔了一下。摔了以后他不想再做了，也就不再让他做。没有关系，每个人刚刚开始练习的时候都是要有这样一个阶段的。先看看,如果什么时候敢做了,就提出要求来,绝对不会再让他摔着了。

结束了和老师的会见以后天明领我们转了转楼里的各个地方,因为课间只有五分钟,而且不准孩子们在楼道里跑来跑去,加上楼上有很多地方是高年级的领地,所以天明很多地方也没有走到过。他指着一个教室说,他刚来的那一天,因为学校的什么通知发错了,所以没有什么学生来上课,他来了,老师就把他领到了高年级的一个教室,就是这教室里,一共只有五个学生,和他们一起听了一节课。想想他确实也够伟大的,就是一个成年人乍然放到这样一个环境里,又有几个人能比较自然地接受下来呢?

不过,这样完全异样的文化和教育对一个这个年纪的孩子的冲击是有利无害的,他会从这里面逐渐感受出很多不是文字所能完全表达出来的比较文化的果实。会因此而将眼光开阔很多,会培养出完全不同的思路来。

从学校的楼里出来,外面还是很冷的,但是一家三口拉着靠着往家里走,感觉还是很好的。下周还有家长会,是那些这周没有参加的老师坐镇各个教室。我们还要参加,见一下他们的班主任,还有语文老师、英语老师。还有,这一次和各个老师都合了影,但是忘了和校长合影了,下次补上。

东方　2003年2月13日

慧方：

　　昨天（2月18日）晚上继续到学校参加家长会。按照名单，天明的老师有班主任，有生物老师，有音乐老师，有宗教老师，有德语老师。小红这些天以来一直持续低烧，估计还是胆囊炎的问题，昨天晚上到了学校里面的时候症状达到了一定程度，浑身无力，结果只有她能看懂的名单上的一个老师被漏掉了，那就是德语老师。

　　按照桌子上的预约本上的顺序，我们等着的第一个老师是音乐老师。门口已经有一个人在等了，左等右等不见里面已经进去的人出来，规定是一个家长十分钟的，这第一个进去的应该或者说肯定已经在里面了。但是大家左等右等，里面的人就是没有一点出来的迹象（其实要出来就出来了，根本就没有什么迹象，这个迹象就是大家的感觉，感觉进去的人待的时间已经差不多了应该出来了，后来果然就出来了，这临出来之前和平常无异的门上就成了似乎能看见什么的迹象的地方），前面排着的几个人都走了。小红开了一条缝往里看，只看见老师的一个挂在桌子上的胳膊。就赶紧关上了。问旁边的德国人，会不会里面根本就没有人谈而只有老师一个人呢，德国人一致认为那绝对是不可能的。言外之意是德国人绝对不会那么荒唐的。那么荒唐的只能是外国人（这后一点是我们自己感觉出来的言外之意，可能不是人家的本意）。可又过了好一会儿，还是没有动静。其中一个就开了一个缝儿，比小红开的那条缝显然要宽，开逢儿的动作也坚决和果断得多。结果，她惊讶地发现里面果然就是老师一个人坐在那里。大家就都捂着嘴笑了起来。这反而给很多人在一起的场合找来了一点儿大家都很愿意其多而不愿意其少的轻松气氛。仿佛刚才受罪的不是这些人而是已经走了的别的什么人。

按照顺序，现在排队人里我们是第一个了，于是就走了进去。一见面，那老师倒很热情，和他冷冷地坐在里面等的状态大异其趣。音乐老师是一个胖子，说起话来眉飞色舞，动作极快极多，很有活力，不时还要用手指扒住下眼睑，做出一个圆睁双眼的夸张动作。因为身体肥胖却又动作敏捷，所以言谈话语之间就有了那么一层滑稽的色彩。他说天明的音乐感受力很不错，还说中国使用的是简谱，他们用的是五线谱，他经常把五线谱转换成简谱给天明，等等。整个谈话都可以说是热烈而活跃的，他的眉飞色舞和我们随着他的眉飞色舞而做出的礼貌的迎合使气氛融洽而欢快。但是出了门，他就又把门关上了。对于外面等着的家长们完全视而不见，不像别的老师那样在门口小桌上的表格里看一看，招呼下一个排队的家长进来。这就是音乐的清高吗？或者完全是出于一种习惯？也许可以归结为德国人的刻板。在任何场合下自己绝对是自己，自己绝对不对别人的事情进行干涉，这种干涉哪怕只是一种通情达理的询问。这种被我们很容易地归结为冷漠的东西其实并不是真正的冷漠,你一旦主动和他说话的时候他又至少会有一种人道主义的理解和宗教感的基本关怀。

出来以后到旁边一家超级市场,给天明买明天去瑞士滑冰要带的食品。然后回家。小红身体状况比在学校里的时候到了最糟糕的程度,浑身无力。持续的低烧使她精神萎靡。一家人靠在一起走着,沿着学校楼外缓坡上高大粗壮的松树之间的小径走回家,吃饭,赶紧又到了学校。

先到生物老师那里,看看和班主任约的时间到了,就跟后面的人说你先跟生物老师谈吧。到了楼下,正好班主任出来,看见我们就招着手。这是一个胖大的老头,满脸胡子。也很活泼,用天明的话来说是很"童气",对于天明来说他是很重要的人物,而且老师在平常也多次照顾过天明,比如电影之夜活动里把睡袋借给了天明,我们提及这事,他说六月还有一次森林野营,天明还可以使用他的睡袋。我们送了他一个礼物,保定铁球(后来老师又把铁球拿到了学校问天明那上面的四个汉字是什么意思,那四个汉字是:富贵牡丹。天明用简单的德语给他解释了)。他捧在耳边听了听那悦耳的声音,脸上露出了孩子一般的笑。我注意到他在送走我们的时候并没有不露痕迹地把礼物收起来,而是就那么大大方方地放到了桌子上。

然后到楼上生物老师那里。他用汉语说"欢迎""你好"。两年前他到长春的德国汽车公司里的大众子弟学校教书,待了一年。这一说开就停不下来了,很明显,他对中国的那一年的印象太好了,有说不尽的话。他倒不是眉飞色舞的那种人,而是面无表情,心动脸不动的那种。对于中国他有着太多的美好回忆,从周游全国,到讨价还价;从吃的东西,到玩的地方。——从容叙来,时不时地说上几个简单的汉语词汇。还说再过几年他还要回中国去。结果,一直到两个管理大楼的人来叫关门才算结束,他还不紧不慢地说着很高兴认识你们的话。他之喜欢中国,就像我们之喜欢欧洲一样,都是看到了自己的生活环境里没有的东西。中国的美食,中国人对外国人的热情,外国人在中国的被重视,甚至还有外国钱在中国的特别值钱。他在中国感受到了在他自己的国度里感受不到的热烈气氛和被尊重被特别当回事的感觉。

他心理上对中国的一往情深是很真实的,他甚至认为中国人为什么夫妻分居也要来德国实在是太不可思议了。从一种外在化的语言上判断,他觉着德国太没有生气了。这一点儿我也有体会,正是我们经常无奈的人山人海,成为我们的特色,因为在世界的其他地方,在欧洲,那确实是很难出现的景观,只有狂欢节的时候才可能吧。人这种动物,从本质上说更喜欢群居,更喜欢看见自己的同类,只要那同类是友善的,甚至是基本友善的,就可以接受。

这个生物老师在第一次上课的时候,就是天明第一次上他的课的时候,把整节课都变成了汉语课,自己兴致勃勃地说出一个又一个词，让天明订正。全班同学听着。这次在我们整个的会见过程中，他没来得及谈关于天明的学习的事情，说的都是他一往情深的中国行。

也许正是因为这层特殊的关系，天明非常喜欢生物课。按照老师的要求他在家里种了西红柿，从出苗到长叶，天天做记录。有一天突然掉了眼泪，说，别的同学的西红柿都"KUGEL ANGEHANGEN"（挂果）了，他的还光光的。他说一定是因为放在洗手间不见阳光的原因，于是赶紧把花盆端到了窗台上。

这个学期的家长会到此结束了，下个学期天明还在不在这个学校上学，完全还是未知数。大部分老师在和小红说话的时候都会提及一个问题，就是你在德国待多长时间。言外之意是孩子在这里上多长时间的学，因为到现在为止天明还是一个客座学生，是不记其分数的。这是一个好学生组成的学校，是从小学里考1分到3分的学生里拔出来的。德国的分数1分最高，5分最低。现在天明刚来德国半年，在班上各科的成绩有好几门能得3分了。如果他能看懂题的话，拿1分或者2分是一点儿问题也没有的。他说他喜欢这里宽松的环境，每天中午一点放学以后就不再上学，每天都不留作业，上课都可以讨论，老师总是和颜悦色，教学设备和教学环境一流（最后这句话是我给他总结的），等等。对于一个外国孩子来说，适应是急迫之务，但是适应之后的离开又将是很痛苦，比之刚来的时候的不适应还要痛苦，因为掺进了感情的成分。在人从童年向少年的成长阶段里，有父母亲给他提供这样一种表面也许是一种情感痛苦，但日后一定会成为一种美好的记忆的机会，这大约就是他来德国的基本要义吧。

在冬天即将结束的时候，巴特塞京根越发地寒冷，整个冬天都没有这么冷过，尽管莱茵河还是舒缓地流着，但是水面不是很大的湖都结了冰。不知道秋裤为何物的巴特塞京根人即使再冷也只穿一条裤子，他们知道再冷也不会冷到哪里去。巴特塞京根的春天就要来了，尽管比中国晚，没有中国北方的春天气息来得浓烈。一个有叶常绿的地方，新绿的到来总是比光秃秃的地方来得不那么扎眼的（德国的风景是美丽的，但是总也脱不掉一股阴冷的气息）。还没有学会对比这种细致的气候感觉的天明每天都快乐地加入德国孩子的行列，气候对他来说无所谓，在任何地方的任何一个季节里他都会自动地寻找快乐。

东方　2003年2月19日

捡家具

在国内的时候就听说过西方人在某些特定的日子里，把自己不要的东西往外扔的事。

这次见识到了，也参与了。当然，和几乎所有的中国人一样，不是作为向外扔的人，而是作为向回捡的人。一件家具，别人不要了，扔到门外紧紧地挨着马路的地方，意思就是谁如果需要谁都可以拿走，如果过了规定的时间还没有人拿走，那政府就出面用车拉走处理掉。有人需要而拿走了，是物尽其用，还为国家节省了搬运处理的费用，是一件三全其美的事情。

然而这件在道理上非常简单的事情，因为不可避免地有面子的问题在其中，就变得复杂了起来了。它不再是一件单纯的体力搬运，而成了一件事关尊严的心理难关。

别人扔了一件你自己非常需要而又没有钱去买新的，或者没有必要去买新的的东西；这东西就在你的脚边，你只要俯身伸手，就可以不费什么力气地把家里正需要的这件东西提到自己手里了，尽管往回走，周围的人来去匆匆，没有什么人停下来看你，更不会有什么人指着你说什么。人们都穿着得体的黑灰色的大衣，竖着雪白的衣领，迈着稳健而有些急迫的大步，义无反顾地前进着。你提着你所需要的家具，走在这样的人群里的时候，人家还会因为你的负重而主动给你让路，让你先走。你走着走着就可以走到家了，到了家一放，一切就结束了，就不用再考虑去买一件新的家具了。省事又省钱，多好！

然而，你的问题就出在那些彬彬有礼的路人身上。人家没有说什么，人家给你让了路，可是人家一定会这样想：看，他居然到街上去捡旧家具了！

这样的想象使你在终于越过了人们的视线回了家以后的兴奋变得非常短暂，你为你的想象而痛苦着，努力挺起一般不用挺起来的胸膛，脚步越发迈得大起来。

废旧家具粉碎车

　　捡了三把椅子以后,家里迫切需要的一张桌子就成了最大的问题。刚才去的那个方向肯定是没有了,那就换一个方向吧。今天晚上的街上的人格外多,都这个时候了还络绎不绝呢。换了的这个方向虽然也有一些家具,但是都不成样子,关键是没有自己想要的桌子。就又回了前几次去的方向,一直向外走,出城的时候看见路边上放着两个长沙发和一个长茶几,那个长茶几不错,是支架和桌面分体的,扛回去的话一组装,就成了一个尽管有点矬但是也完全可以凑合一下的桌子了。可是就在这组家具旁边站着两个光头的家伙,他们好像是已经把这组沙发占住了。

我从他们身边走过去,又换到街道的另一边,回头瞭望了两次。他们一点儿走开的迹象都没有。有一次他们已经开始挪动脚步了,但是很快就又停了下来,不知道是凑巧站在那里说话,还是就是占了那沙发等车来拉。

一个老太太拉着一个双轮着地的行李车吃力地搬着三四把一模一样的铁椅子,铁椅子铁的部分都镀了铬,亮晶晶的。这么好几把一模一样的椅子,摆在家里的话,别人肯定看不出来这是捡的。

在不得不离开那个长茶几以后,又看见路边上放着一套现在在国内十分流行的木质沙发,整整的一套,一溜在路边摆开,质地光华明亮,实在是好东西。但是没有车的话你是休想把它们弄走的。

好在终于在没有希望的时候发现了一个类似床头柜的东西,左右看看,虽然不高,但是也勉强可以作为饭桌使用了。就想拎起来,可是没有合适的抓点,而且已经感觉到了它非同一般的分量:只有抱起来才行了!

这一抱就不得不紧紧地靠在身上了。即使这样,走了一段路以后也就气喘如牛了。于是就在一个路口上放下,准备歇一会儿再走。这时候从路里面转过一辆车来,车里大声放着音乐,大约是看见了我,或者是看见了别的什么人,就停了下来,准备让我或者别的什么人先过路口。这是德国的习惯,汽车让行人。但是现在这一让,就让人很窘:就在车灯明亮的柱形光的映照下,低着头,装着整理那个小床头柜的样子,意思是不准备过马路。

那车等了一下就启动,吼叫着跑了。汗水这时候已经顺着头发开始流了。负重,脚步就慢;脚步慢就把自己这种状态延长了。在被延长了的过程中,被看见的机会就大大增加了。在这大大增加了的机会里,会使自己和自己的家庭作为外国人的存在多增加多少被展览的时间呢?

在想象告一段落的时候,又被自己的回忆所左右了。因为在昨夜的工作之中犯了一个很大很大的错误,这个错误使自己始终不能原谅自己。

昨天夜里第一次出去捡东西的时候是经过了一番心理准备的,原来计划黑透了以后再出去,但是在还没有黑透以前,去超市里找了正在那里玩游戏机的儿子,在他身边站了一会儿以后他就听话地停止了对屏幕的凝望,停止了手里紧张忙碌的按动,一起向外走了。

沿途经过那些琳琅满目的光盘和儿童用品,一张光盘是49.99欧元,一个小玩具车也是19.99欧元。儿子指指这个又指指那个,便说你把名字写下来吧,回国以后给你买,买了再给你寄过来,好不好!儿子就满口答应了。

就在这个时候,因为自己的心理依赖而犯了一个错误。当时便对儿子说:走,跟我去捡椅子去吧。

他好奇地问,去哪里捡?

就是那边,火车站那边。

我搂着儿子的肩膀大步地向着目的地前进着，仿佛是一起去看演出，或者正在什么风景区赶着路，兴致勃勃，一点心理障碍都没有。

到了那一溜靠墙摆着的各种各样的东西的地方，经过了一张完整的单人床，经过了一台只是屏幕被砸伤了一两个点的电视机，经过了一台小屏幕的电脑，还有皮箱，还有地毯，还有打字机，还有沙发以后，就是这个被压在一片零零碎碎的东西下面的椅子了。我动手把上面的东西往下拿，儿子说：你确定这是人家不要的吗？

我说确定。然后拿着椅子和儿子一起大步流星地向回走，一边走一边说话，仿佛自己不是在捡什么东西而是在和儿子一起走在上学放学的路上，或者干脆就是在散步。儿子这时候成了挡箭牌。

唉，自己当时怎么就没有想到这样拿着椅子和儿子一起走的危险呢？什么危险？就是让别人看见儿子的危险啊！假如儿子的同学看见了儿子和他父亲一起出去捡椅子了，那么孩子们可不会像大人那么有涵养，不会隐而不露，会不失时机地表现出他们对这种行为的嘲笑？作为外国人，本来就已经承受着一种潜在的被另眼相加的危险了，现在又有了这么好的借口，那儿子的处境可就惨了。

虽然后面再次出来的时候，拒绝了妻子跟着一起出来的要求，更没有让儿子再一起出来。但是，第一次的错误已经发生过了，是无论如何也挽回不了。捡了东西的快乐很快就被自己意识到的这一错误给抵消了，给淹没了。

老教授

老教授的名字在我来德国之前就已经多次在电话和电子信箱里听说过了，印象中应该是一个身材高大而瘦削的人，是一个具有德国人的严谨和冷峻的人，是一个将自己的热情包裹在一丝不苟的表情之中的人。

然而一见之下，却大相径庭。个子不高，头发都白了，嗓音非常高亢，膛音很大；说起话来有滔滔不绝的特点，基本上不给对方说话的机会，只要能抓住机会就自己抬着下巴喋喋不休地铿锵有力地说起来。因为脖子比较短，这样抬着下巴讲话的时候就多少有一点端着肩膀缩着脖子的样子，而说着说着，眼泪就会从眼镜后面流下来，长时间地附着在皱纹很深的脸上。

如果没有大鼻子的话，他就几乎完全是一个中国老年知识分子的样子了。而他待人的诚恳和热情也很像中国人，交朋友，纵论天下，能帮忙就帮忙，充分利用自己的人脉给朋友寻找机会。

儿子上学就是他介绍的；没有他这样的退休教授的介绍，儿子是上不了那所本城最好的中学的。他退休前和退休后在本城交接了大量的文化界、知识界和政界的朋友，他们或者还在任上，或者也已经退休，但是在这方土地上的影响力绝对是不容小觑。特别是老教授还很爱和比他年纪小的人交朋友，给自己的儿孙辈的人以特别的关爱；这使他的影响力所及，绝不仅仅限于同龄人阶层。

后来我才知道这除了他本性善良以外，更源于他个人少年时期过早地失去父爱的非常惨痛的人生经历。他将这种打击转换成了付出与给予的补偿机制，在关爱小一辈的过程中获得人生缺憾的补偿。

在德国南部黑森林腹地里的一个高原小城，在一座圆顶的白色大教堂的前面，一条哗哗奔流的小河之侧，有一座濒水的小咖啡馆儿。我们从外面的寒冷之中走进这里面的温暖之中，一人要了一杯喝的东西。我们四个大人都是咖啡，而儿子这时候去了厕所，老教授的夫人说不用说他一定是要可乐了。

一会儿儿子走回来，问他喝什么？那个高大而瘦削的老板兼侍者穿着白色的类似于中国掌厨的大师傅的褂子，笑容可掬地等待着他的回答，而我们因为有了刚才的猜测也等着他说出我们猜测的名称了。儿子站在那里，像以往每次有机会得到自己一直想要的东西之前那样，用一种实际上是享受的犹豫来选择着，他说：可乐。

我们就都笑了。他们老两口和我们一家人围坐在桌子边上，洁白而粗糙的桌布手感很好，围桌而坐的氛围因为外面的街景和流水而具有了典型的欧洲情调，这种情调的价格是将近9.2欧元。我付账，老教授表示应该他们付，见我已经快步走过去付账了，也就不再坚持。他的慷慨和从来不求回报，使人感动也使人歉然。这次是专程驱车从莱茵河谷到了丘陵高原上来，又是转景点，又是吃著名的黑鱼。

在这种纯粹的欧洲疗养胜地的情调之中，老教授说起了他们刚刚的美国之行，说起了被布什威胁了很多次的战争。他强烈地反对战争，因为他的父亲死于二战，死于二战之中的苏联战场。我问，他父亲离开家的时候他多大？

他回答第一次走的时候是7岁，中间回来过一次，以后就再也没有回来。那个时候他11岁。一个11岁的男孩是多么想念父亲啊！

我母亲带着我们哥俩，完全靠着自己艰辛的努力一步一步地走着生活之路。我们念大学的花销都是母亲一点一点挣出来的，我们完全靠着自己的努力将生活过得尽量美好。唉，有很多特别特别困难的时候，我们母子三人非常非常想念我们的父亲，他要是能回来帮帮我们多好啊！

这样说着的时候，他的眼睛已经红润了。这一次的眼泪不像那种习惯性的泪水抑制不了地滚下，而是一直在眼眶里打着转。

沉默了一下，我说，战争以后全世界都看到了德国人民的伟大。在那样被战争毁灭了的废墟上，德国人以自己的不懈努力踏踏实实地创造了奇迹。

我知道这样的话是空洞的，对于个人的悲痛而言，这样大而化之的安慰是没有什么用的。但是我们面对个人的痛苦又能具体地讲些什么呢？

安慰实际上并不需要语言，一个注视着你的听众也就够了。自己的苦痛有一个或者几个人类成员倾听，这在形式上就已经安慰了我们的心。老教授大约也是这样吧，他在讲述过程中多少化解了自己的一些心中块垒，逐渐将话题引向了刚才对这个小城的观感。他问我对这个圆顶的白色大教堂与巴城的尖顶教堂的感受之不同。

我说这座圆顶建筑显然更强调人生如歌的一面，这种强调笑对生命的过程的轻松感觉和尖顶教堂那种给苦难加上庄重的严肃形式形成了明显的比照关系。他对这个感受很赞赏，说这是宗教在发展过程中产生的一些微妙的变化。他指着一幢现在看来并不高大的四层的外阳台木制楼房说，那就是托马斯·曼当年所描述的那个疗养院！

这实在太让我吃惊了，托氏有一中篇《特里斯坦》和一长篇《魔山》，都是根据自己早年间在一家疗养院里短暂的居住经历写成的。这两篇东西让他一举成名，没有想到他当年所居住和描写的疗养院就在眼前！

这实在有点不真实的感觉了，将西方经典名著里的一个场面活生生地立在你的眼前，你好像就能看见百年前托氏穿戴着那个时代的大衣和礼帽，从那大楼里走出来，凝神对着圆顶大教堂仰望了那么一两分钟，就又若有所思地低下了头去，慢慢地走了回去。

他所讲述的疗养院里的是是非非居然就发生在眼前这个三月份了还非常寒冷的高原小镇，这个有着圆顶大教堂的肺病疗养地。那华年早逝的小姐，那情深意长的中年人，那发生在这栋现在看起来已经有些单薄的小楼里的故事，现实的缘起之处就在这里！

现场的感觉总是破坏文学的想象，"难道就是这里？"式的疑问油然而生。这栋楼外面没有任何关于托氏和他的小说的介绍，以德国这样重视文化的民族来说，这多少有点不可思议。所以尽管这个信息出自一个受人尊重的老教授之口，但是我还是多少有些怀疑。将来回国比较作品与这个初春的傍晚的记忆，或者能辨析出个所以来吧。

这个让人惊喜的疑问产生于3月15日，老教授约我们一家人随他们夫妇一起出游，或者说是人家专门带我们出游，因为这些地方人家已经来过多次了，刚才在高原小镇里的一幕已经是在归程中了。

在此前的旅程中，我们先开上高原，开上高原以后才看见，原来到处都是山顶上的村庄，我们原来曾经去过的EGG只是千百个这样的村庄之一，而事实上我们的归程也正是经过EGG回到巴城的。

这陡然比莱茵河河谷地带上升了上百米的高原上遍布着一个又一个德国人为自己营造的山居之所，从原来的疗养意义的地方变成了现在普遍的在自己工作的城市之外的另一个家。在这个季节，很多村庄都是没有人的，到了夏天这里就会热闹起来，交通也会特别繁忙。森林里有牵着狗的步行者，而酒店和咖啡店的生意也就特别得好起来。即使是这个季节，因为是周末，所以我们的目的地，一家很有名的森林酒店也还是满座的。如果不是老教授夫妇事前订了桌子，我们贸然而来几乎可以肯定是没有位置的。门口停了一片汽车，老教授一辆一辆地数着：这是瑞士的，这是瑞士的，这还是瑞士的；瑞士人宁肯开车跑上百十里来吃饭也不在瑞士吃，因为即使加上油钱也还是在德国吃饭便宜。

这家山林酒店周围都是森林，中间这样一片几条山沟交叉的地方，有流水有河滩，河滩上被分隔成了很多片用栅栏围起来的动物饲养场，里面圈着鸡、鸭、羊、猪、火鸡，还有各种各样的鸟儿飞来啄食，一片鸣禽之声。

孔雀就在外面散养着，脚步幽雅，身上的蓝色蓝得喜人。虽然到处还都有冰雪，但是在午后这阳光灿烂游人最多的时刻也还是多少能感受到一些春意的。儿子买了五毛钱的食物喂动物，鹿把他的手舔得让他发笑，而羊们为了争夺他手里的食物居然很有进攻性地互相顶起来。

老教授看着这样的场景很高兴，他说就像是看见自己的孙子一样。儿子又开了开电动的挖掘机，滑了滑滑梯，溜了溜溜索，直到兴尽方返。那边几个淘气的孩子，伸手从水池里抓出来一条大鱼，那鱼剧烈地挣扎着从他们手里跳到了地上，他们赶紧把它放回了水里。这里的养鱼池有五六个，个个里面都有成群的鱼影子忽忽地游动。这种鱼是这家酒店最出名的食品，有多种做法，虽然看菜谱上不知道具体叫什么名字，但是每一种后面的价格却看得很清楚。被老教授，或者说是被瑞士人认为便宜的这种鱼菜，最便宜的是11块多钱，最贵的是13块多钱，就是说人民币一百到一百三之间。如果桌子上来这么一份菜按说也是可以接受的，关键是德国人吃饭不像中国人的饭桌上，这样一份那样一份，而是就点一种，但是一人一份。

老教授的夫人为了让我点菜，一种一种地给我翻译成英语，但是我依旧不能明白。就说请你们按照你们的爱好点吧，对我们来说一切都是新鲜的，我们也没有什么禁忌，每一种我们都会喜欢吃的。

我和妻子要的是白葡萄酒，老教授夫妇要的水和茶，不是中国意义上的茶而是西方意义上的那种袋装的，里面挤上盐和各种果汁的茶。我们看他们都不要葡萄酒就也不想要了，但是他们说吃鱼的时候标准的饮料就应该是葡萄酒，教授夫人因为要开车不能喝，而教授因为身体原因也不能喝。我们没有吃过这种菜，最好还是用标准搭配吧。这种白葡萄酒确实是很纯净的葡萄酒，喝到嘴里的感觉是以前喝葡萄酒从来没有感受过的。我喝得自然是又有点脸红了。儿子没有要鱼，他要的是薯条。

我们一家人和他们老两口坐在一张事先订好的桌子边，先吃最先上来的沙拉，然后是鱼。一边吃一边说话，随着口味的满足话语也就更活跃起来。气氛就这样被烘托着一点一点往上走，逐渐达到了人们在吃饭的时候才能达到的那种对话情绪的最好状态。

老教授指着我的胡子说，你不大像我们想象之中的中国人的模样。我说我的胡子在中国人中可能是有点特殊的，但是在德国我还是一个中国人。大家就都笑起来。我们说到了战争，说到了中国的情况，说到了很多两国之间的情况的对比。

这样的场合在我来说是第一次，是从来也没有想过能在德国实现的一种情况。他是一个德国人，是一个德国的个人，但是在和你对话的时候你就感觉他仿佛代表了整个德国；而你也代表了中国。这是没有办法的事，每个外国人都是他自己国家在这个国家的代表，你不想代表也不行。

外国人在一个国家的感觉器官是异常敏锐的，他自己目睹和感受到的每一种待遇和细节，都会一点不漏地带回自己的国家。从这一点上说我是非常感谢老教授夫妇的，他们不仅仅是请我们游玩、请我们吃饭，更主要的是在精神上为我们建立起了关于德国人、关于德国家庭、关于德国知识分子的非常具体的范例，使我在任何时候回想起来都能够非常明确地将这个永恒的画面从大脑之中调出来，重温人类成员在世界的这个角落里非常友善地相处的理想化场面。

来德将近两个月了，终于有机会来到这黑森林腹地的风景区一游，终于有了和德国家庭无间的相处的机会。这使我的德国之行完善了起来。而这一切当然还得感谢妻子的语言，感谢她的善于交往；如果没有语言，如果没有善于交往的个性，这一切都是无从谈起的。

席间观察，人们都很注意就餐环境与气氛，周围的各个桌子上的人身份各异，但是一律低声交谈，没有那种印象中在饭馆通常会有的喧哗和吧唧嘴的声音。

女服务员个子很高，但是脸的样子很像茜茜公主，笑起来的时候和住在我们楼上的那个山里姑娘卡汀一样，有一种非常淳朴的内容或者叫作没有内容在里面，让人一见难忘。这似乎也是人们喜欢到这里吃饭的一个潜在原因：这里的一切，包括人，都保持着黑森林里最淳朴的味道。

酒店的老板在席间要到每一张桌子边上去问候客人，问问对菜肴有什么意见，对服务有什么意见，来过几次的顾客就会和他建立起朋友一样的关系。老教授对这一点非常看重，他说这里原来的老板去世了，就埋在了能看见这酒店的山坡上。酒店老板就得把酒店看成自己人生最大的事业，全身心地爱自己的酒店，才能让顾客也喜欢。

德国人在经营很多东西的时候都经常能让人看到这种令人感动的敬业精神；让你感觉他们不是为了经营而经营的，赚钱是第二位的，首先是他们对于他们所从事的事情的无限热爱。这在一个普遍都以利益最大化为原则的商品社会的世界性潮流里，是非常难能可贵的。它从一个侧面再次证明，人类生活的更高目

天明和老教授夫妇

的,并不仅仅是物质的利益,更有精神的慰藉。

　　酒店还在旁边建立了一个以一座古老的磨坊为基础的黑森林传统博物馆,里面出售各种小玩意儿。我们吃饭抽出了一个小奖品,儿子拿着卡片去这个磨坊里领了一个小米老鼠。后来我们看见一个大箱子,就是装这些小玩具的,上面赫然写着"MADE IN CHINA"。儿子领的,很可能还是我们自己国家制造的东西,但是领于这样的地方,也算是别有味道吧。

　　磨坊里的水磨还在转,磨的面一点一点地筛出来,透着一股水力加上木头石头之类原始工具才有的古老气息。水磨周围摆满了收集来的农民们的家庭用具,婴儿车、大皮靴、木头箱子、滑雪板、草编大麻袋、木制的双肩挎、葡萄酒桶,大大小小,摆得到处都是。没有栏杆,也没有锁链,东西就那么放着,似乎压根就没有防范游人的意思。

在有秩序的地方,混乱惯了的人似乎也不好意思再混乱了,也变得秩序起来了。这符合"越来越"的规律:越乱就越乱,越有秩序就越有秩序。垃圾上扔垃圾是很自然的事情,玻璃面一样的街道扔垃圾就不会那么心安理得。

汽车重新在高原上的小公路上奔驰起来以后,老教授的滔滔不绝就又继续起来。

这一回他讲的是很多很多年以前,他一个人就在这里,开着车,准备回家了。

当时风雪交加,家里打来电话说,还没有吃的,让他买些回去。而家在瑞士的巴塞尔,要下高原很远,估计开车需要三个多小时。可是风雪实在太大了,他找不到原来非常熟悉的商店了。终于找到一个,人家却没有开门。

那个夜晚,饿着肚子努力向回开车的情景现在还记忆犹新。七十多岁的老人回忆起此地彼时的事情来难免有一层伤感,好在我从他的德语里是什么也听不出来的,这只能是事后妻子翻译出大概以后我的感觉和猜测。

在一个据说是非常有名的电视剧的制作地,有很多慕名而来的人在参观。我们因为不知道那电视剧也就对这普通民居一样的小楼没有任何感觉,但是老教授夫妇很负责任地停车,指点,说明。这种态度实在让人感动。实际上一路上看到什么他都在讲解，关于黑森林地区民居的特点，屋子上的瓦是木片的，一楼是地下室；贫穷一些的地方就要用石头打地基，而富裕的地方则整体都是木结构。路过一个小镇，他们又把车开进去，开到头又倒出来，让我们反复看一看街道两边的景致，告诉我们这里是夏天的旅游胜地。

开车很快的教授夫人在盘旋的山间公路上的开车技术是一流的，利索而果断。弄得儿子头晕起来，弄得我虽然坚持到了最后到家，但是也因为晕车而难受到了第二天。

在楼下和他们一一握手话别，实在觉着是要感谢人家，没有他们我们怎么会知道山上面还有那么广阔的世界呢！他们带领我们的这一天行程，弥补了我对巴城周围一个方向上的观赏缺憾，使我知道了北面的山上的世界原来如此，使我领会了德国人活动的空间，想象出夏天里那样的地方的盛况。

当然，最最主要的还是体会到了老教授夫妇对我们这样的外国人无私的付出和关爱。他们是周一刚刚从美国回来的，飞机起飞以后半小时遇到什么问题又返回机场，好不容易到了德国，却又没有了行李，直到几天以后才通知他找到了行李。

人家是在旅途的劳顿没有彻底解除以前，就赶紧来照顾我们。他们在佛罗里达给儿子寄了明信片，只不过因为把门牌写成了3号，而我们是1号，所以没有收到。但是这样一说我们就已经非常感动了。

3月15号是非常充实而愉快的一天，是来德国以后又一个难忘的日子。

超市购物的一个波澜

在德国的生活中几乎所有的事情、各个环节都处在舒缓宽松的环境中，这家土耳其人开的叫作"LIDL"的连锁超市却是个例外。

里里外外的人很多，显得里里外外的停车场和购物场都很狭窄。这个周六的上午，这一周里的最后一个营业单元里，这种拥挤的场面达到了它的极点，出现了在国内的时候司空见惯的景象：拥挤。

拥挤是我们那里的常态，却是这里的稀少态；我们所有的设施都是为了应对拥挤而设计的，这里的一切却都是按照悠闲的原则建筑的。而现在，停车场里要进来的车和要出去的车就出现了两股不好排解开的洪流，这股洪流使场面出现了混乱，这种混乱并没有表现出喇叭齐鸣之类拥挤的必然状态，而只是互相地等待、耐心地等待。这种等待是礼貌的，也是有序的；但是不管怎么礼貌、不管怎么有序，时间却在一分一秒地过着。

这时候，大家也许就都觉着人多了真的不是一件好事。这个结论在德国是不容易得出来的，因为政府一直都害怕着另外一种完全相反的现象的压力：人口再这样一直少下去经济也就不会有大的起色了！

我们走进这场拥挤的时候自然没有停车与开车的麻烦，作为步行者的好处从来都是以直线的方式直达目的地。可是因为手头没有1欧元的硬币所以不能加入另一只拥挤的队伍，那是推手推车和放手推车的两股洪流组成的另一只拥挤的队伍。这个缺失后来证明实在是个缺失，当你只好自己手里拿着那些要买的东西走在别人都推着车的超级市场里的时候，狼狈这个词就开始跟着越抱东西越多的你了。

面对一片一片的德语字母，加上来不及细看细挑的个人肌肉状态和越来越臃肿的怀抱，和人家那种推着车的潇洒比起来，你就进入了狼狈的境地。

超市里的人很多，黑白棕黄，德国、土耳其、瑞士、中国，大家的目光都盯着货架上的标签，或者熟练或者并不那么熟练地挑挑拣拣着。这里的超市的货物只在货架上有一个语焉不是很详的总价格。究竟这个总价格是指的哪一种货物，就需要你仔细研究了。

这种不在每件商品上标定价，等你买的时候才发现那商品上面悬挂着的定价远远低于实际定价的情况也是一种商家的技巧吧。在众多对应得很好的价格和货物之中，总会有那么几种对应得不是很好。这对应得不是很好的东西，就能让商家把贵东西让顾客在以为便宜的情况下买走。

商家可能会说这是顾客拿东西的时候给拿乱了，不是我们的责任。不过何以顾客拿错的情况总是按照一种方式发生：那就是把贵东西放到了便宜标签下？况且在你所买的一大堆东西被前前后后的顾客的东西夹着几乎是以迅雷不及掩耳的速度过电子结账系统的时候，你哪有机会来研究你刚才认定的便宜货是不是便宜呢？等你有机会研究的时候一般来说已经到了外面了，甚至是到了家里了。断断不会为着这么一样两样东西的价格与自己的期望价之间的似乎是微不足道的差距而找回超市里来了。

我们多少有点狼狈的购物就似乎就中了这样的招儿，等怀疑使我们终于停住了脚步，两个人站在车流滚滚的街头，把身上的包打开，一件一件数着里面的东西的时候，这种预感就越来越成了现实。

拿着账单对着实物一件一件的比照下来，似乎真是有什么问题。找他们理论，他们如果不承认怎么办？有什么能证明的呢？语言上的障碍会不会成为对方的最后屏障？

数了数物品的数量，和账单上的数量是相符的，这说明没有把未买的东西算进来，买和卖的数量都是对的。那就是有一种东西没有看准价格了，什么东西呢？一定就是那一盒糖，对，那一盒虽然有个包装盒但是绝对说不上漂亮的那么一盒糖。居然是7.7个欧元，60多块人民币！60多块钱买了一盒糖。回去说因为太贵了所以不买了，那人家会怎么看呢？会因此而小看我们的，还会因此而小看亚洲人，或者说小看中国人，这个时候国家和民族的尊严就跑出来作了我们个人面子的挡箭牌。算了，不去退了，不太好看啊！重新把两个包装好，背上，在那总也不变化的红绿灯前等了五分钟以后一步一步地走回家。

这件事情成了一件不大不小的事件。然而，事情在过去了一周以后突然有了连自己也没有想到的转机。

在又一次没有预谋地走到这家超级市场的时候，又看见了他们给算了七块多钱的那种糖，非常明确地看见上面的标签是两块多钱。妻子就找了他们说这个事情，说不知道是把一盒糖的价钱给算错了还是把某一种水果的钱给算错了,反正有一件七块多钱的东西我们感觉可疑。一个身高有两米的经理很客气,说水果里没有七块多钱的,这种糖从上周开始到现在价格没有变过,一直都是两块多,只要把票拿过来就知道是怎么回事了。还说没有关系,糖果就赶紧吃了吧,不能常放。超市里的账目错误的情况也是有可能发生的。

这个回答很客气,这种客气的回答后面是不是意味着解决问题的时候也很顺利呢?不清楚,但是至少还是让作为顾客的我们很舒服吧。于是买了东西拿回家,马上就又拿了原来那张账单回去。阴凉的天空里继续飘着似乎是雪又似乎是雨的天水,满天的水却又不怎么能看见水。

因为兜子里装着上次买的一种小水果和那盒糖,所以在进超市的时候还是犹豫了一下的,究竟是应该一个人拿着这些东西在外面等以免误会呢,还是都进去,连东西也都带进去呢?

想起我们过去习惯的商家通常在这种情况下无理也会搅三分的做法,会不会就你拿进去的东西说三道四呢?以我们的生存经验,这种想法这种防备心理实际上是很正常的,其实就是消费者这样想了也这样做了,也经常还是斗不过狡猾而"凶狠"的商家,他们总是能变着法子想出免责的办法来的。

也正因为有了那样的经验和心理准备,所以对于这一次异国他乡里要求正名还利的行动,我们事先也是做了充分的思想准备的:只客气地说出事实,如果人家不给,也就作罢,不纠缠。这个指导原则里渗透着中国人息事宁人的处世原则,渗透着吃小亏以保自身的生存之道。

不过，事实证明我们显然是多虑了。那个高个子经理拿过去票，马上得出结论：是将那种水果的商品序列号作为商品的价格算进去了。他飞快地道着歉又飞快地马上去柜台里翻出了七块两毛六分钱硬币，递给我们。妻子说那就把这盒水果放下吧。他马上说，作为礼物送给你们了。

送出去一份礼物留住了一位顾客。这个结果大大出乎我的意料，出乎意料得快，出乎意料得好。又站到了第一次来采购的时候将所有的东西都掏出来核对买的东西与账单相符与否的十字路口，望着五分钟才亮一次的红灯，心里的想法居然是：不用急，过几分钟再亮也没有事，我们绝对遵守你的秩序。

巴特塞京根速写：拄双拐的人及其他

拄双拐的人

稍微注意一下就会吃惊地发现，巴特塞京根仿佛一座拄在双拐上的城市。

这个小城里有很多拄双拐的人，岁数一般偏大一些，不过也有小孩子和年轻人。拄双拐的人出现的频率很高，几乎每次从窗户向外望一下就能看见一个；每次出门也总是能看见一两个。

他们拄的拐都很精致，像是同一个工厂的标准化产品，轻巧而结实，没有累赘；不像以前印象中的那些拐，为了支撑的目的而做得粗大笨重。他们的拐，一个很小很小的弯，一个没有任何支撑的单线凸起，就能承受人的双肩和全身的压力。而颜色统一的都是银灰，既不很显眼夺目和这里的人穿黑灰蓝三色衣服的习惯相配，又能适度地显示出其特征，让行人车辆注意到其特殊性。

可是无论怎么说它们毕竟是拐，在这么一个大人孩子、男人女人都崇尚大步流星的国度里，"拐"实在是很残酷的一件事。拐就意味着你在大庭广众之中的平等地位的某种直观降低，就意味着你被抛离了正常人行动自如、快步如飞的行列。由此，还被相当多的人想当然地认为在别的方面你也有了问题！所以我们在拄拐者的脸上很少看见笑容，他们平静的外表之下有一种难以去掉的，或者是被忽略的无奈。

那么他们是因为什么而拐？地方病？这里的水有问题？外伤？这里的交通事故很多？

都不是，他们都是全国各地甚至是欧洲各地来此治疗腿疾的。据说，巴特塞京根的温泉对于腿部肌肉和神经的康复大有裨益。所谓河里无鱼市上有，仅此而已。这恰恰说明巴特塞京根，是一个拥有特殊资源的得天独厚的地方。

自行车上带篮子的人

巴特塞京根起伏的城市街道上，还是尽量给骑车人留出了专用道。即便在河边上不宽的步道之侧，也专门为骑车人提供了几乎和步道一样宽的专用土路。也就是不做水泥沥青硬化的，可以保持原始的透水性的那种细沙石土路。沙石都已经压实处理，不会塌陷、不会飞溅，平展而仿佛还有大地本身的弹性。

骑车的人们在这样的路上驶过的时候，一侧是滔滔的莱茵河水，一侧是蓊郁的植被和植被上的花朵，自然就会有一种别样的轻松，难得红润起来的脸上更容易产生和迎面而来的步行者或者骑车人打招呼的笑意。上了点年纪的女人在这种时候表现出来的美，是让人印象深刻的。所以这么说，是因为我们的印象中，上了点年纪失去了青春的美艳以后的女人，情绪上似乎往往就很难再这样积极而怡然了。但是，显然经验主义的印象和事实之间不是一对一的关系，环境是可以改变人的，甚至是对人的普遍的改变。

德国人骑车的时候和别的时候一样，讲究干什么像什么，服装打扮一丝不苟。穿着骑行服，戴着自行车专用的安全帽：帽盔内的容积似乎很小，是类似于游泳帽那样紧紧地箍在头上的有条纹的小帽。一切都按照骑车的要求来，首先是车本身，干干净净不用说了，车上的所有设备都要一应俱全，前灯后灯都要亮，不亮的话即使是白天也不会骑出去。儿子就已经受了这种思维的影响，强烈反对我在我们的自行车还没有前灯的情况下就骑车上路。

他们的自行车一般都没有前梁，都是国内所谓坤式车。带东西一般就在后架上装个筐。是的，筐。筐这种东西在德国被使用的频率还是很高的，去超市不给塑料袋，都要自己带家伙，于是就有相当多的人拿着筐。

一个穿着牛仔裤的少妇或者一个挺拔高大的俊朗男士，走在街上，手里提着一个在中国的乡村只有最传统最老派的大妈才拎着的大篮子的景象比比皆是。两个人，一人扛着个篮子当街说话的样子也并不是难得一见。这种景观的意义就是在这里你绝难见到一个随风飘舞的塑料袋，即使在河边沟旁之类最可疑的地方，也很难发现。当然，狗屎还是常见的。

不过，这种篮或筐和我们的乡下用来盛农产品甚至用来捡粪的筐，还是有区别的。它们都是精心油漆过的，都在里面垫了布衬，一尘不染；是被精致化了的后现代的产品。人类在返璞归真的过程中实际上是绝对回不到彻底原来意义上的过去的，充其量只是一种模拟，是一种仪式化了的情调化了的温习。人类从一开始走上的就是一条不归路。当然意识到了发展的弊端，能够哪怕是在仪式意义上对既往的优势习惯进行温习意义上的回归，也是难能可贵的，也是美的。

抽烟的人

德国的火车上有专门的吸烟车厢，大约是因为抽烟的人数众多，如果全面禁止的话会引起为数众多的人的不满，故而专门设立特区。

烟在这个小城里也显得格外普遍，一般来说都是出售饮料的自动售货机在这里居然自动出售香烟。在机器的眼里是没有什么成人与孩子的区别的，只要给了钱就向外吐出一盒一盒的烟。所以在学校门口，即使是在早晨最匆忙的时候，在距上课还有一两分钟的时候，你也会看见有男女学生用力地在门口抽着最后几口烟的情景。

身材窈窕的少女嘴里叼着烟背着大书包走在上学路上的形象，或者叼着烟坐在公共汽车候车厅里的背影，在这里非常有代表性。那仿佛是成熟和思考的标志，是有了思想，并且即将有爱情或者经历了爱情的说明。

因为发育得早，女孩儿们这时候已经开启了自己的花季。在这个刚刚懂了点事但是还绝对不懂事的时候,十三四岁,十四五岁的时候。她们高挑的身材和白皙的皮肤配上了人类在青春的时候才只显示那么一小会儿的红晕,长腿大步地和比他们更高大的男学生走在一起,成了性别优势和年龄优势的流动宣言。

男人女人,大人孩子,手里牵着狗、嘴里叼着烟都是最最时髦的行为;出去办事或者上班,锁上车以后第一个动作就是掏出烟来点上。一个个漂亮潇洒的女人站在自己的车边上点烟的景象,几乎是触目可及的:女人比男人抽烟的比率高,年轻人比老年人比率高,学生比成人比率高。你在街上走,清新的空气里会随时飘过一阵浓烈或者腥气的烟味儿来。这才发现刚刚从你身边走过去的少女的长袖口里夹着一支烟。快走几步想躲开,前面又来了几个歪歪扭扭的学生,嘴里叼烟的姿势已经很老到了,一边打打闹闹着,一边把烟喷向空中。

这个空气永远清新的小城,有时候人们的嘴却都是一个个小小的烟囱。经常是你站到没有污染的莱茵河边上刚刚要感叹一下的时候,一股浓重的烟味席卷而来,很煞风景。仔细一看,不远的地方刚刚走过去的两个女人,一人叼着一根烟。或者是,复活节期间的古堡旁,看着挂上了三色国旗的数百年堡垒,刚要再端详端详,一股臭烘烘的烟气突然使你窒息。左右看看,并没有人,大约只是刚才在这里的什么人抽了烟,因为这里没有风,所以烟的消散是需要很长时间的。

在一个空气的清新度无与伦比的地方,自己却要给自己制造出烟的污染来享受,匪夷所思,匪夷所思。

作客的原则：迟到

去别人家里做客，最好要迟到几分钟，甚至是十几分钟，给正准备着招待客人的家庭主妇以充分的时间，以免尴尬。这是这里的或者说是整个德国的作客的时间原则。和西方国家里那种普遍要求的准时相比，这一原则显然具有更为人性化的色彩。

这是朴实的农耕时代遗留下来的传统，时间准确不准确不是问题，站到对方角度上去想问题，最大可能地臻于周到体贴才最最重要。这倒让人想起了开会，某些与会者特别是有身份的人，也总是要迟到的；越是重要的人物越是要迟到，甚至某些明星出席什么什么场合，也一定要耗到别人都了场以后才最后出现，那样才有身份。不过，他们的迟到和这里作客的迟到完全是两回事。他们不是为了别人着想，而完全是为了自己着想，为了自己的虚荣着想。

电老虎

德国电力用车的车身上赫然刷着"电老虎"几个字，还有本地的地名。这也算是中外文化差异之一种了吧。

电老虎在我们的文化里是一种有负面色彩的的词汇，可是在巴特塞京根，很有可能还同时在更广大的地区却都成了自己的标志。所取的是有力、快速、迅雷不及掩耳之类的形象意义，而绝对不是这个词在另一种语境里特有意义：吃、拿、卡、要。

在这里，部门利益、个人利益的获取，都在法制的强力保障与监督之下，也都在文化传统中敬业爱岗的普遍自觉约束之中。

服 装

德国虽然一般来说是人少，但是街道上还总是有人的，特别是重要路口和广场上，有的时候竟然也是人流如织的。

观察行人，大致便可以了解当地人的状态。从衣着来看，这里绝对没有偏僻地方的地方特征，一律是大城市里的装扮。男男女女都喜欢素色，黑、白、灰、蓝占绝对优势。奇装异服者虽然不能说一个也没有，但是绝对少见。

在最中心的广场边的两个长椅附近，经常有几个嬉皮士样的年轻人在那里牵着狗斜着肩膀喝酒。他们的装束其实只是多了一个兜头的软帽子，此外就是身体语言了：比如缩着肩膀，目光里有一种玩世不恭，而没有一般人那种执着到了执拗的程度的严肃认真和责任感。

他们其实也并不滋扰别人，而是严格地按照我行我素的准则，以自己的方式在遵纪守法的前提下消磨着时光。

他们任何一点点的逾越都会立刻招来警察，警察局距离这里不足百米，但是绿色的警车还是鸣着笛开来了。警车上下来一男一女两个人警察，女警察手里拿着本子听着叙述一字一句地记着，很平静，没有我们习惯的类似场合的紧张感，如果不是她腰里挂着的手枪，就和一般工作中的女人没有任何区别。围观者也是有的，但是距离都很远，绝对不会凑到跟前去，而且一般是看上几眼就走，大家都讲尊严。

警察走了以后，那几个年轻人还站在那里，显然别人的报案超出了他们实际的作为，他们似乎并没有什么明显的违法行为。

不过，总归是警察来过了，他们的声音和动作好像就收敛了一些。而就在他们旁边，一个女人用白布展开了一个条幅，上面用红字写着一条标语，最后一个词似乎是伊拉克。一张她带来的小桌上还点着蜡烛，点燃的蜡烛边上还是蜡烛，是没有点燃的蜡烛。

有人就走过去，拿起一支还没有点燃的蜡烛，就着已经先燃了的蜡烛的火苗，小心翼翼地把它点燃。这是在为伊拉克祈祷和平。美国人就要对伊拉克动武，德国人反对战争，用这种方式祈祷着在那一方土地上已经不大可能有的和平。

过去祈祷的人并不多，但这样一个形式本身就是一种声音，一种社会的声音。在距离伊拉克十分遥远的德国南方的小镇上，在一个人人都快步如飞的社会环境里，一个中年女人放下家里的事——德国女人一向是以把家照顾好而自豪的——利用自己的假期，或者自己干脆就是一个失业者，依然牺牲自己的时间来伸张自己作为公民最基本的和平主义的政治主张！

这件事在貌似没有集体、没有人关心别人的体制下，是很让人肃然的。

还是接着刚才服装的话题说吧。

这街道上行走着的人没有人穿着破衣服，即使土耳其人其实也都很整洁，他们的特征在他们的脸上，那种胡子楂后面的大大的黑眼睛和深眼窝，那种皮肤略黑而头发很黑的样子，在德国还是会被一眼就认出来。

他们是几十年前劳工移民的后代，或者就是那一代移民本人；行为举止之间有一种文化缺乏者的直率，加上从事的都是社会中的粗重活计，所以就处于一种相对较低的社会地位。他们在街上走过的时候一般都成群结队，在超级市场门口聊天的也都是他们。德国人是没有一大帮人一起站在街头上聊天的习惯的。在法定的扔家具的日子里，趁着夜色在街上捡东西的也基本上都是他们，他们在捡东西的时候很有经验地把脸遮了起来。

  德国人的服装爱好和这里的天气是有一定的关系的，多阴少晴，多雨多雪，林多水密。在这种容易让人平静甚至是冷漠起来的环境里，服装的夸张色彩就很少，大家都愿意和环境融合起来，和周围的气氛协调起来。热烈或者夸张的特征不属于德国人。这也渗透到了他们的性格特征中：严谨，因为有时间琢磨，有良好的气温条件让人心平气和地琢磨；在漫长的阴天里，尽可以精益求精，尽可以将所有事情都进行到细微的极致。

  这种素色的衣服其实也是他们根据自身身体条件的最佳选择，因为皮肤很白，身材很好，所以素色的衣服就使人显得很有涵养，显得皮肤更白，身材更好，有一种清水芙蓉的味道；既能突出自己的优点，又显得高雅不俗。这也是多少代人总结出来的经验，并非现代人的独辟蹊径。

  一个民族喜欢什么颜色，喜欢什么衣服，在其相对成熟的民族心理下基本上是不会有什么变化的。只有那些尚处于发展过程中的，不无杂乱的人口众多的国家，才会有那样的可以说是缤纷多姿也可以说是莫衷一是的潮流频繁变换。

表　情

  街上，人们的表情一般都是比较平静的，平静就是无所谓喜、无所谓悲，无所谓愁、无所谓苦，无所谓愤怒、无所谓不平；人人心平气和，个个坦然自然，没有急不可耐者，也没有颐指气使人。

这是秩序和富足在人脸上的表现，是一切有章可循、万事自有其法的法治国家里人们幸福生活的一种脸部表现。你很难在街上看见一个气急败坏的人，更难看见一个悲痛欲绝的人。这里的人们，即使有厌世者大约也是那种忧郁性的，不言不语的，不事声张的。

平静，不代表没有激情；激情也不代表粗放的滥施滥放。礼貌和秩序是人人遵守的准则，尊重与被尊重是大家奉行的唯一标准。一对一说话的时候，不管是在电话里还是在大街上，都会充满了周到的关怀和盈盈的笑意。商店里，你进去以后即使前面只有一个人，人家也不会先来招呼你，一定要把前面的客人以最周到的方式服务好了以后，再回过头来，仿佛刚刚发现你的存在一般以与对那个人一样的耐心和周到来为你服务。

这个原则在德国的服务行业被普遍施行着，不仅是商店，银行、邮局、车站，甚至是国家公务机关，无一例外。在这样的环境里办事者其实就会很放松了，不用担心有人加塞儿，不用担心对别人态度好对你态度不好而需要去找个熟人什么的，尽可以平静地等待，时间到了自然就轮到你了。谁也不急，谁脸上都是享受生活的那种珍贵的平静。

生活中的仪式性

德国人着装普遍地比较整洁，只要是公共场合一般都很注意服装的得体和干净。一种基于个人荣誉感的普遍性的责任意识，使大家都习惯于以自己最好的形象示人。他们自认承载的是社会的责任，是对人生的信心，是对自己和自己的家庭成员的尊重。

相比之下，一些人需要反思的恰恰是这种最基本的个人荣誉感。在街上如在家里，在人前如入无人之境。赤膊，高声，站无站相、坐无坐姿，走路歪歪扭扭，说话东张西看。为了个人方便，余者皆不及也。理想的丧失和价值观的扭曲，使相当一些人对自己和对他人都没有敬重之心。

德国人时刻都明白，只要一出门就是个人和家庭的代表，就是自己的名字的代表，信用卡、银行户头之类和名字紧紧联系在一起的金钱和信誉，都要依靠你每天每时的合法表现和高尚风格的体现才能维持；身份和信誉时时跟随着你。所以地铁和火车上没有人卖票、没有人检票，也少有人逃票，德国人几乎都自觉地在站台上的自动售票机上交钱出票，并且在另一台自动检票机上剪了票上车。

没有一对一管理，没有人手里拿着小旗大声地嚷嚷着说这样那样，但是每时每刻大家背后好像都有一双眼睛，一旦自己犯规就有被那双眼睛看见的可能，那样的话，就永远有了不良记录，永远去不掉的不良记录。这个不良记录会影响你以后的一切，找工作，办理国家认可的各种证件和手续。只要有了不良记录，都会被另眼相看，变成另一种人；这"另一种人"的地位几乎是终生不得翻身的。

德国人重视自己在任何场合里的形象，不仅仅是外在的衣着，更有内在的规矩，还有照耀在头顶上的道德。

110　茵波梦影　在莱茵河拐弯儿的地方

一个叫作巴特塞京根的地方

作为欧洲最美的二十个小镇之一的巴特塞京根

大声擤鼻子

德国人在处处文明守法的同时也有一个让人感到惊讶的习惯：大声擤鼻子。

你和一个温文尔雅的上了年纪的女士正在说话的时候，她会突然扭过头去，掏出带着浓浓的香气的手绢，捂在鼻子上，用足了全身力气，猛地一擤。

这一擤就是医学上最不主张的那种两个鼻孔一起擤的擤。阻力使这一擤音量很大，阻力还使这很大的声音变化出一种有一定黏稠度的液体进入什么缝隙的时候，才有的呲声。

呲声之后，一切归于平静，老年女士又会很优雅地转过头来继续和你说话。这种景象在大街上，在饭馆里，在火车上，在任何一个说话必须小声低语的环境里都大大方方理直气壮地进行着。据说，德国人认为擤鼻子是极端神圣的事情，绝对不可压抑。传统就是这样，于是谁也不以为怪了。

不过，即使在手绢里擤鼻子，是不是也应该小声，以免发生必然的不雅联想呢！这至少是一种声音污染。

德国人永远有钱

德国的物价如果换成人民币来显示，那就太贵了。鸡蛋基本上是八块钱一斤，一棵芹菜也要十块钱。

那么德国人挣多少钱呢？对于大多数人来说，当时一个月拿到手里的大约1500到2000欧元吧，就是15000到20000人民币。而更高一些的工资就很难说了。一个朋友说，市政府最近雇了一个工程师，年薪8万欧元。给他8万的同时，还要为他上这个数的40%的各种保险，而他自己也得拿出差不多这个比例的钱来完税。最后到了他手里的钱实际上是4.8万左右。就是月薪4000欧元，相当于4万块钱人民币。所以有了这样一份工作的时候，那十块钱一棵的芹菜也就不在话下了。

当然这是比较高层的职业了，不是一般职业所能比的。还是市政府这位先生，前几年为别人做咨询员，年薪10万，最后实际到手的是5.5万。这样挣下去的话，就是比较典型的中产阶级。

那么最底层的人呢？

就说失业者吧，失业头六个月享受失业基金，一年后是社会救济金，再一年后享受失业保险，然后是养老保险。钱自然是越来越少，但是再少也够维持基本生活的，吃饭穿衣不成问题；房租由国家给付了，基本上没有什么后顾之忧。养了孩子也不怕，有育儿费：第一个孩子是每月154欧元，第二个一百八十多欧。添了人口，就有这个人口的饭钱，不让任何一个人在饥寒问题上犯愁。所以现在德国就出现了一大批不愿意工作的人，因为不工作还有钱，比那些挣钱不多的工作也差不多，何必呢？

作为一个德国人，是没有绝对没有钱的时候。在任何地方也见不到纯粹的乞丐，也见不到赤贫者以丧失尊严的方式讨饭吃的现象。但是德国人又表现得很节俭，在任何地方也很难见到铺张浪费的现象。吃饭作客，桌子上的东西都极其简单，简单到了只能作为一种仪式存在，而不能作为一种口腹之享的程度。这大约只能解释为传统，解释为人们普遍地对天赐之物的珍惜了。

离开电视

从中国到德国，跨越两万里，置身一个完全陌生的国度，另一种语言，另一种生活；这是看得见的变化，看不见的，比如自己习惯上的不得不的改变，也还有很多。这些习惯在没有被这样改变之前，已经根深蒂固，一旦这样被改变了，才蓦然因为对比而发现其中的优劣。这是改变引出的对比，是对比让人产生的自我发现。

比如，到了德国，家里没有电视。

离开电视的日子，刚开始的时候是很不好过的。新闻看不见了，夜里十点的晚间新闻把国内那些重要的新闻全部简化成每条几秒或者十几秒的消息，把确实符合原始的新闻概念的新闻留下，或者说是播出来。尤其它的国际新闻部分，还是很吸引人的。不仅仅新闻看不见了，央视十频道的《探索·发现》也看不见了，那里面都是最符合自己口味的人文历史地理类的东西。

其实没有了电视，自然电视里的所有的节目就都看不见了，在远离你原来的生活环境的国家里，即使有电视你还能看见原来的电视节目吗？偶尔在街上的橱窗里不是也能看见那种昼夜开着的当广告使用的电视吗，里面上演的都是这个国度里的喜怒哀乐，都是人家文化氛围才有的生、旦、净、末、丑。即使面对着这样的电视，你实际上也已经是离开了电视了。这里是与中国迥异的德国。

离开电视以后才发现，一向标榜自己不在电视上消费更多的时间的人，其实已经和电视有了依赖和被依赖的关系。这种关系已经深入到了骨髓里，到了几乎是不知不觉的程度。只有被迫结束这种关系的时候，你才会最终发现它几乎是牢不可破的存在。

电视就像是某种轨道，你回家就上了这个轨道，不动脑筋地跟着它走。窗外似乎也有风景，似乎也没有，晃晃悠悠的，对于身边的人和事都有一种恍惚的感觉。当下知道他们是谁，过后就全都忘记掉了。那是一种半失忆状态，一种半催眠的模糊状态。由这种半催眠到真睡觉的过度就是关掉电视爬上床去，日复一日的生活轨道上离开电视就睡觉了，然后上班下班吃饭，甚至还没有吃饭你就又上了这个轨道了。

现在，没有电视了。在度过了非常不舒服的开始阶段以后，你现在对这种没有电视的日子逐渐适应起来。你终于可以发现，有电视的日子里的自己生活的呆板了。你逐渐从煎熬感消失后的平静里获得了一种久违了的自由。

离开电视了，你不必再把自己完全是习惯性地安排上那辆带着你进入催眠状态的列车了。你有了说话的时间，你有了思考的时间，哪怕既不说话也不思考，只是安静地坐着，你也重新发现了寂静本身给人的那种时间感。面对窗外的夜空，或者墙角里的无声，你的思绪飘起来，落到了童年，落到了幻想中的一个场景。一天的时间突然变得长了很多，每天和每天的生活内容也有了不同。你原来被那个轨道带走的方式中断了，你没有被带走，你和家人在一起了，和孩子在一起了！你们一起说话，一起看书，一起评论，一起畅想，一起游戏。以往只有那轨道上的列车的轰鸣（电视声）的房间里，充满了你们自己的声音和你们自己的寂静。

离开，常常是我们所不习惯的，常常是需要一定的勇气的；但是也只有离开，你才能回看自己既往的生活，发现既往的日月你其实已经上了某种不自觉的轨道。那个轨道由习惯和想当然的条件反射组成，那些习惯和想当然竟然已经窒息了你的生命的欢乐。

古人云：人挪活，树挪死。其中当有此意乎？改变生活环境，丧失掉一些，获得到一些，将生命的可能实现出崭新的一部分。这就是离开的意义吧。

后来，又有了电视，是买家具的时候随赠的；不过也仅仅是儿子每天看动画片的专门工具，与我原来的生活习惯已经完全无关。乃至后来回了国，也不再看电视，彻底告别了原来在某种依赖于电视的不自觉轨道上周而复始的生活格式。

我很丑

看见第一卷在德国拍的照片，惊讶地发现自己竟然是那么丑。

在人家优美的自然环境里，在人家高大挺拔的身材旁边，自己的臃肿和宽胖，自己面团一样的脸和萎靡不振的姿态，实在是让自己汗颜和惊讶。

其实自己并没有感觉自己萎靡不振，相反还觉着自己精神抖擞了呢！这大约就是外表特别是精神状态的原因了，它们综合起来的样子使你看起来总是显得萎靡不振。

自己原来是这么丑，曾经以为自己是英俊小生，曾经以为自己虽然不再是英俊小生但是也还是一个很有风度的中年人；因为留着胡子而显得很别致，因为胡子不是黑色而是黄色，而多多少少地带一点异国情调。可是，照片里的这个五短身材的胖子，撅着一点不伦不类的胡须的肥仔，难道就是自己吗？

在世界化的环境里自己看到了自己的真实情况，在全球化的氛围里自己对准了自己在人世间的定位。

一个来自第三世界的，人到中年还一事无成的庸常之人；如果说还有点精神生活的话，如果说还在将精神作为自己的人生追求的话，那也是只有自己才知道的秘密。别人看来，你只是一个面貌平庸的粗人。

从此你不必再为自己的什么姿态煞费苦心了，从此你不必再为自己的服装和发式费尽心机了；不管怎么打扮，其实都不会有什么大的改变，你只是一个普普通通的人。在自己人的圈子里或许还不算是特别丑，但是在世界的范围里，你就只能被划到丑陋的概念之中去了。

如果你想让人们有一天从你的丑陋里看见一点光亮的话，那将只能是在精神上了。因为物质财富的创造上你是不行的，也是没有兴趣和志向的，将来唯一可能使你将自己的丑陋抹上一点色彩的地方就是你的精神世界了。而精神世界的事情是非常渺茫的，是比物质的追求更加没有边际的东西，所以你还是老老实实地认可你自己的丑陋，踏踏实实地走精神探索与创造的路吧。

这种因为对比而来的否定，自我否定，大致上应该是很多第一次来欧洲的人的同感。当然，也必须是有自省精神的人，否则就什么也谈不到了。

这样的情绪非常令人难堪，难堪到自己都不愿意承认的程度，但的的确确是曾经的真实。写下来，是为了忠于自我，忠于自我的感受。

这样的感受记录并不是说就是对自我菲薄的肯定，人是很难一直不傲慢自大也不妄自菲薄的，出现这样的两极情绪其实并不可怕，可怕的是不肯承认，不愿意承认，也就一直自我认定为中庸的模范。

没有什么可怕的，承认客观存在的一切，"我很丑"的情绪会让人沮丧，但也会带来清醒，带来自知之明，最终带来激励。

亚洲人的表情

首先说明一点，这里所说的亚洲人是不包括日本人的。日本人自己一向标榜自己是西方国家，在真正的西方国家眼里虽然他们看起来还是不大像，但是他们自己却一直在努力。努力做着挺胸抬头的动作，努力在花钱的时候或者不花钱的时候显示自己有特别特别多的钱，努力与别的所有亚洲国家划清界限。他们在西方国家的时候，看见亚洲人的面孔立刻就板起塑料一般的脸来。尽管还是不大被认可，还常常因为暴发户的嚣张和东施效颦的不自然而被讥笑，但是他们的表情毕竟和一般的亚洲人在西方国家里的表情有了很大的区别，所以这里将他们排除在外。

在西方人看来，亚洲人——很不幸，西方人在这里所说的是包括日本人在内的亚洲人——是没有表情的，他们一般都是平面的脸上永远看不见生动的喜怒哀乐。除了种族的生理特点以外，这里面还有一个原因，一个西方人在自己的国家里看见亚洲人没有表情的具体原因，往往就是生活在西方国家的亚洲人的弱势地位。

不同的语言不同的文化，强大的身体和强大的经济，当一个人从贫穷落后的亚洲国家乍然来到已经处在后现代水平上的西方国家里的时候，他往往先就被人家的先进给弄得有点晕头转向了。他们茫然的脸上只有惊讶和恐慌，只有认可了这种贫富差距和人文环境以后的沉默。

有钱是人家有钱，尊重个人是尊重人家自己的个人；你虽然连带着也在形式上有了被尊重，但是你明白那只是形式，或者说它反而会刺激你回忆起你不被尊重的经历，会让你伤心地想到自己的从前，以及自己在国内的亲人。

在火车站后面的街上，有一家越南人开的中国饭店。

在德国，中国饭店很多都是由越南人或者朝鲜人开的。如果不叫中国饭店就没有人去吃，而开中国饭店的又很少是正宗的中国人。这一点德国人其实也知道，好在他们对于同样的亚洲面孔并不是分得很开，所以一向认真的他们就这样难得糊涂了一次。

这家中国饭店的店面完全是德国式的，高大的同时又是窄窄的堡垒式的门，向街的所有窗户上都挂着那种在二十几年前的中国曾经风行一时的钩针勾的白色窗帘。窗帘的角在白天的时候一般都是要用同样的白色的窗帘带拽起来的，拽起来的角度和方式有很多种，每一种都是德国的家庭主妇热爱生活的反映。入乡随俗，所有在这里定居或者虽然是暂居但是心态比较平静或经济实力比较好的人，也都会很快地把这细致的生活方式学到手。我们家的大玻璃窗上，也一左一右把白色的纱帘拽了起来。

这一家中国饭馆显然有年头了，这一套东西都已经很地道了。此外诸如窗台上放着花儿或者饭店里的灯光不宜太强之类，都做得非常本土化了，绝对没有标准的中国饭馆里的那种热闹。

每天送完孩子上学自己都不愿意走回头路，总是多多少少地绕上一圈再回去。而中国饭馆后面这一条小街很快就被我发现是最佳选择，首先是它恰好在绕过孩子的学校的另一个边上，其次这条小街的头上竖立着一块牌子，上面写着：城市里的园林。因为这条小街和一条哗哗奔流的小溪相始终，小溪边上的杂草和灌木都保持着原始的模样；几架小桥或者并不是很小的桥也都起得很自然，没有中国的小镇里的那些桥的历史感，但是也没有污染的痼疾。

沿着这样的小街走，自然的声音和自然的呼吸都非常流畅。如果不是对面匆匆忙忙的德国人来去匆匆的脚步的话，真就有到了野外的感觉了。这条街在那家中国饭馆的后身，它的后院就在这条小街上，走来走去，经常可以看见一两个亚洲人模样的人在修整夏天里售货的小亭子，或者在从屋子里走出来，或者在从外面走回屋子里去。

这一天，远远地看见一个矮小的男人牵着一条狗，立在这条小街的有溪水的一侧，低着头，两眼都看着那只大狗，旁边不管有谁走过也都不抬头。经过他身边的时候，可以看见他低垂着的脑袋上那头发分开的方式，是纯粹亚洲式的。这种分发方式在这样的地方看来无疑就是异族的标志。继续向前走，一个和他一样矮小的亚洲女人正向着这边走,也低着头,不看来来去去的行人。脸是胖圆的,有那种上了一点年纪的女人特有的浮肿一般的形状和格外突出的黄色。他们在高大俊朗或者窈窕秀丽的德国人中显得非常渺小,甚至有了几分丑陋,他们大约也是对这种对比已经屡试不爽,所以在表情上的躲避,或者说是以眼不见为不存在的对待外界的方式,已经是驾轻就熟了。尽管只是匆匆的一瞥,但是他们的姿态和表情已经给了我深深的印象。后来又多次见到他们,他们始终都是这种表情。

亚洲人在西方生活,即使很久很久了,也依然不会非常"舒畅"。这个不舒畅不是说衣食之忧,不是说种族歧视,不是说经济政治,而最主要的就是这种在人高马大的德国人面前的自惭形秽。这还不完全是那种乡下人在城里人面前的自惭形秽,这是一种综合了各种指标以后在多数指标上都不如周围的人的那种普遍性的自惭形秽。因为人数少势力小,就是站在街上说上几句话的机会也是很难凑成的。他们不能像成群结队的土耳其人那样,他们没有任何机会在公开场合里展示自己的文化,舒展自己在异国他乡非常压抑的身心。

亚洲人习惯于以最低的姿态在这里生活,一切都是有秩序的,一切都是互相礼让的。在这样美好的地方,他们格外的谨慎和小心又是从何而来的呢?

很偶然地站在窗口向着下面看,大街上匆匆而过的一个瘦小枯干的亚洲男人引起了我的注意。他的裤子肥肥地裹在身上,身体的比例明显和德国人有异。这是人种的差异,也确实是上天的安排,没有什么别的办法。根源于这种差别的自惭形秽是没有办法从根本上改变的，要不就是让自己的感觉麻木，要不就是用那种低着头的低调来处理了。

很多年前，在海南，在还没有建省之前的海南，一个很开明的海南原籍人士对我说：应该让北方人多多地到海南来，和这里的人通婚。

他当时的话给我很大的冲击，主要是因为在当时本地一种很多的保守情绪里居然有人开明到了这种程度。现在想来，保守和开明，前者是认识到以后的抗拒，后者是认识到后的拯救。那么现在在和西方人对比着的时候，作为亚洲人应该采取哪种态度呢？

在德国也见过另外的一种表情，那就是大城市里成群结队的公务"游客"的表情和状态。他们漫漫的一大群，慢慢地走着，东张西望的动作都是迟缓的，表情上有一种凑趣的笑意，有一种完全是国内状态的漫无边际。

他们的无所谓和没感觉的状态是惊人的，那种放松、那种油光锃亮的集体餐饮之后的表情，让德国人看着新鲜，让靠着自己奋斗出来的中国人无语。他们的表情里有养尊处优的色彩，在松弛里缺少力度，在满足里缺少危机感。

浑然不觉的态度和绝对排斥的态度实际上都不是解决问题的长远之计。至于现在，眼下，我们是无法立刻改变我们的身体和面貌的，我们能做的只应是在精神上的超越和经济上的锲而不舍；努力认同身体和气质的差异只是自然现象的观点，认同各民族无差异的平等在表象上的实现。

离 开

　　在越来越接近的、要离开的日子里,离开也就越来越成为一个问题,一个一直萦绕不去的问题。不仅仅是因为要离开德国,要结束第一次国外的探亲生活,也不仅仅是要离开妻儿,要重新回归一个人的生活;还有一个更为迫切而现实的问题,那就是妻子已经出差去了,我离开家回国的话,儿子就会有三四天的时间一个人在家。

　　他虽然已经很接近十二岁了,坐飞机快要买成人票了,但是在父母眼里当然还是一个纯粹的孩子。一个这么小的孩子,自己照顾自己,自己吃饭,自己上学,自己睡觉,并且一切都是在陌生的再没有别的亲人甚至也没有任何别的本民族的人的国外,这在谁听来都是一件很令人担心的事情。何况父母,尤其是最后离开孩子的我。

　　这个萦绕不去的问题在即将启程之前好几天就已经开始发酵,这样的发酵表现在很多细节上。比如格外注意送他去上学,格外留意他什么时间回来,格外做些好吃的,格外领着他去我走以后不大可能再去的野地方……

　　一些准备和"训练"是从好几天前就已经开始了的。比如饮食的采购和制作,比如对于外人的敲门或者电话如何应对,还比如带钥匙……

　　在阳光很灿烂也还是很冷的早晨,送他去上学的时候不得不又穿上了过年之前刚来的时候穿过的毛衣和羽绒服。穿上了也不觉着怎么暖和,尽管这已经是四月份了!

在这样的明媚而寒凉的异国的早晨,我们父子俩的脚步自然会节奏很快。但是时间很早,不像平常那样时间短暂,所以又有意识地慢走,这是回国之前最后一次送他上学了,明天他就得自己起床自己上学了。

即使走得慢,也还是一转眼就过了地道桥,到了学校的后身。这是每次送他时习惯的分手的地方。因为这个地方再向里拐就是学校的大门。事实上,他不需要家长送,主要是家长愿意享受跟着他一起去学校的这个过程。

他不大愿意让别人看见他总是由家长送着上学的,因为德国孩子即使是一年级的也没有这样走着送的,只要路途不远都是自己走着来,路途太远的则开车送。那种送,是因为远而不是因为安全,不是因为舍不得。

在这里,按照这几天的培训,出门的时候刻意让他锁门并带上的钥匙,交了回来。我期望这样手把手的训练,可能有助于培养他对钥匙的手感吧,将来自己锁门来上学的时候不至于忘记将钥匙拔出来,或者掉在半路上。

他没有像往常那样快速地说再见,然后一转身就跑掉,而是说了一句我现在无论如何也想不起来的话,似乎是你还是去散散步吧。我一边走一边回头,看着他融入德国孩子之间,进了孩子们拱起屁股来使劲推着才能打开的学校沉重的大玻璃门。

慢慢地迎着不断地走过来的孩子们上了旁边的小山,小山上高大的树木缝隙之间,正有万道金光照耀着降临尘世;自己将就此离开这样纯净的纯粹的人居环境,就此离开在这样的环境里上学的儿子……在有松鼠坐在枝干上不紧不慢地吃着松果的老树间,清晨崭新的天光柔和地照耀着,满地的鲜花绿草在早晨的清凉里大口地呼吸着这保持着原始的生态环境的地球一角里的又一个清晨的空气。教堂敲响了八点的钟声,小镇进入了又一天安静的忙碌之中。明天这个时候,我已经在火车上了。

这个可以肯定无疑的事实,更主要的是这个挥之不去的念头,让人时时刻刻都在绵绵不绝的忧伤中。

上午去买了买要带回去的礼物,还有别人托买的照相机。中午的时候做着饭,不断地看着表,儿子通常应该回来的1点10分已经到了,但是还没有脚步声……不过,脚步声只晚了半分钟!一开门,他正拐过最后一段楼梯:依旧是喘着气,小脸红扑扑的,笑意盈盈地一边摘书包一边说:晚了一点儿,因为在班里弄七巧板的事情来着。老师出样子,然后让同学们摆,谁摆出来了,老师就过去看,对了老师就说好,然后让你马上毁了,不让别的同学看见。前两个图形,一个是他第一,一个是别人第一,第三个谁也没有能摆出来……

他对这种事情特别有兴趣,似乎马上就忘了一切,就又开始想,应该怎么摆才能摆出来?我脑子里想的却是,明天这个时间他再回来的时候,就只能是自己拿钥匙开门了。那时候他的心情是怎样的呢?

午睡起来,一起出去,阳光特别好,先坐在草坡上,然后进了森林,走了那条我以前走过的沿着溪水的路。一边走一边说话,在哗哗的水声里,在阳光穿过森林的照射之中,体会父子俩之间的对话之乐。他说,这个地方有好处,这么快就能走到这么好的森林里来;但是也有不好的地方,就是有点压抑。他所说的压抑似乎还不是我也要离开他,他需要自己面对以后几天的生活,而是就环境而言的,是河谷地带的相对没有那么广阔。

回来已经是傍晚六点了,休息了一下,马上去沃尔沃斯(WOOL WORTH)给他买了点零食。这在几乎从不主动给他买零食的自己来说,当然是一种格外的关照,是就要分别的时候的破例,情深意长的破例。这一点,我们都已经分明地感觉到了。这种与日常生活状态的不一样,预告了离别在即。

在离别的当口,很想找个人嘱托一下。按照中国人的习惯,最好是左邻右舍。但是这个楼上基本上没有邻居,楼下是一家花卉店,肯定不行;有一个女孩在楼上,也都是很早就出去很晚才回来,所以不准备和她打招呼了。只能是从各个方面反复嘱咐孩子了:电话只接那种连着打两次的,然后拿钥匙和关灯之类的事情都写成条子贴在门上了。他嘻嘻哈哈地说字写得不怎么样啊,然后就一起下楼,去莱茵河边打乒乓球去了。

经过这些天的打球,我们已经越来越能打出点意思来了。外面白云朵朵,但是很冷,风很大,莱茵河边的人很少,好像又回到了冬天。穿着冬天的衣服一点也不觉着暖和。打一会儿休息一会儿,因为风太大了,风小一点儿马上就又打。他经常会因为突然说起来的一个什么笑话而笑得趴在桌子上。

流水,蓝天,白云,刚刚绿了的树,不远的山,一切都显得那么难得。回国以后想起这种在莱茵河边打乒乓球的经历,一定非常神奇而遥远。

夕阳将河对岸的瑞士照得非常辉煌,划艇锻炼的人们明显得多了起来。一直打到晚上8点才慢慢离开,回到了和教堂对着的河岸上:第一次来莱茵河边的时候就是走的这条路,现在要离开了,就再走一次吧。四年以后,我沿着莱茵河骑车的时候,再一次走到了这个位置,不禁感慨万千,不过那已经是后话了。

在大街上,我们俩坐了坐;这个时间,不是周末,已经没有什么人了。回了家,我开始做饭,他已经专心致志地在看我给他拿来了两个多月他都没有看过的书《小不点安东》,看得他直乐。他已经到了这样可以大规模看书的时候了,不在国内看不到大量的汉语读物,实在是可惜。

吃了饭,又给他做了一些以后几天里自己热一热就能吃的菜,主要是炸鱼。屋子里放着许茹芸的磁带,他从津津有味的各种阅读和玩耍中突然抽身出来,静了一下,说:早在国内的时候我就能感到这种感觉了,没有意思。

是忧伤的歌曲引出了他忧伤的感觉,孩子已经能产生这种诗意的感觉的基础——忧伤了。也就是说人间的事,他已经知道得不少了。于是换上了任贤齐的磁带,他的情绪似乎马上就好了。

他睡觉的时候已经快十一点了,他抱着被子到我房间来睡觉了。我问我走了以后你在哪个房间睡觉呢?他说自己的屋子,因为这间太大了。他说:我感觉你好像昨天来的,明天就走。

一问一答之间,离别的准备和情绪逐渐在生长,喊了几次"GOOD NIGHT"。我关了屋子里的灯,才算是睡着了。明天的闹钟定的六点,他肯定是起不来的,学能不能按时去上,也很难说。

还有几个小时就要启程,行李已经收拾停当,在蒙眬中醒来，轻手轻脚地洗漱以后，回头再看看酣眠的儿子，又将所有的事情快速回想了一下，看看还有什么遗漏；然后，然后轻轻地带上了门。德国的门是很难实现用"轻轻"这样的词形容的，关门的时候会有一种伴着清脆的咔哒的回响。

在楼下举目上望，窗口依旧黑着。火车来了，快速地上车，还没有坐下，就已经快速地启动。这是德国火车的风格。现在早已经适应这种风格，巴特赛京根迅速地退去，莱茵河，教堂的尖顶也迅速地退去，一段生活结束了，可是那里正有儿子还在酣眠……

和来的时候一样，在一个多小时以后到了京根倒车，然后上了去慕尼黑的列车。一切都已经驾轻就熟，再没有初来的时候因为不了解而来的惶惑；何况头脑里还有更重要的，对儿子的挂念。

在列车向着慕尼黑奔驰着的时候，漫天的大雪纷然而至。覆盖住了大地上的绿草和绿树，覆盖住了早开的花朵和刚才还能看见的白云。这春天里的大雪让列车里洋溢着一种温暖的喜气，一个推着小车卖热咖啡的列车员和一个乘客指点着车窗外面硕大的雪花，满脸都是让人一瞥之下便再难忘记的笑意。那些笑意非常真实，非常自然，与这自己就要飞离的大地上的万事万物配合得天衣无缝。

到了机场的第一件事情不是去"CHECK IN"，而是打电话。因为没有零钱，就向一对貌似中国夫妇的旅客提出换零钱，他们正好不愿意带零钱上飞机，很沉。于是拨通了巴特塞京根家里的电话，天明含混而懵懂地接了电话，说，起来了，发现我已经走了，准备去上学。听上去情绪不高。

小红、天明和友人在瓦尔茨胡特

这让自己也跟着有点恍惚起来,以至于对于飞机也没有来的时候那么恐惧了。飞机起飞,便将一切隔断了。飞行是一种与尘世的隔断,是暂时脱离开曾经的一切,过渡到另外的一切的中间的一场黑黝黝的深渊。只是这个从德国飞回来的深渊,好像远比飞向德国要短暂。短暂到不仅没有扯断思念,而且揪得更紧更紧了。

全新的旅行

坐飞机

提到飞机,提到自己坐飞机,脑子里马上就浮现出机毁人亡前的那一瞬间里的痛苦。知道飞机要坠毁,或者正在坠毁,大家都直了嗓子大喊,但是谁也无能为力。

在飞机还没有掉到地上彻底摔烂前的那个瞬间里,急速下降带来的失重和明确的死亡意识给人的几秒钟的思想空间,都是极其残酷的。那样的时候里的人的痛苦是多么大啊!如果不坐飞机,安坐家中,你怎么会有那样的痛苦呢?如果不坐飞机,你就还有多少多少年的寿命和生活可享,就可以坐汽车、坐火车、骑自行车,甚至是走着到多少多少地方去旅行?你为什么要坐飞机呢?坐了飞机一切就都结束了,就都没有后悔的机会了。

这样的想法在自己第一次走进飞机的座舱之前就一直左右着自己,临近起飞日期的前几天里,一种上刑场的悲壮和无助的气氛就一直笼罩在自己的头顶上。那种忐忑不安、那种惶惶不可终日、那种大义凛然、那种义无反顾、那种决绝和渺茫,都让人寝食难安。说着做着眼前的事,但是心里早就魂不守舍了。

上飞机前,办各种各样的手续,填各种各样的表格,接受各种各样的检查,和送自己的朋友说各种各样的话的时候,心思其实都不在现场,都已经到了那一刻,那明明知道自己将坠落、将粉身碎骨而毫无办法的一刻。

每每把这样的状态说给别人听的时候,别人总会善意地劝,说和别的交通工具比起来,飞机是最最安全的,是事故率最少的。是啊,但是只要一出事故那也就是百分之百的,绝对没有侥幸者的。而那非常非常少的事故率对一个大难临头的人来说,就是不多不少正好百分之百。

从很早很早的时候起自己的脑子里就有一个念头,别人坐飞机没有事,只要自己一坐,自己坐着的那架就一定要完!这个念头越到临近坐飞机的时候越明显,每次有坐飞机的机会我都毫不犹豫地舍弃了,宁肯自己去挤火车。但是这一次是不行了,这一次是国际航班,如果去坐火车的话需要十天的时间才能走完这十个小时的飞行距离。

过了安检排队上机的时候,一步一步通过幽暗的金属走廊走向登机口,心里的慌张和忐忑随着脚步而几乎到了顶点。但是人们却很有点前拥后挤、迫不及待的意思,一个人紧贴过来,呼吸都抵在了后背上,我用肢体动作表示了自己的不满,立刻就引起了他的不满。这种无声地对峙近乎丧失理性,但是也在一定程度上转移了登机的紧张。

飞机上的座位非常狭小,想到很多汽车在给自己做广告的时候都说自己的车上安装的是航空座椅,其实这真正的航空座椅实在并不受用。人挨人、胳膊挨胳膊，腿伸不开，脚像是被卡住了；再系上安全带，整个就成了受刑。人们在安全带和座椅之间那点小得可怜的空间里，尽量用各种努力调整着自己的姿势，以期缓解身体上血流不畅的压力。这种压力倒是也有好处，就是使人忘记了、疏忽了坐飞机本身的那种心理预期的危险的紧张。这是不是在飞机上不能让旅客太舒服了的原因之一呢？

如果不是自己努力压抑着自己就要蹦出来的念头，大概已经有好几次都会乘着还没有关门的短暂空隙，起身逃出机舱了。

大概是为了用延长的方式来治疗我这种紧张，飞机上来就晚点了三个小时。外面的雪，越下越厚。冰冷的意思已经透过并不厚重的机壳穿透了进来。人们已经在飞机上坐好了，和飞行状态已经没有任何不同了，已经开始受罪了。所以大家就都噤了声，无奈地等着飞机随时可能的起飞。

不过，只要飞机没有起飞也就没有坠落的危险了，所以倒是可以心安理得地坐着不想，不想那些在距离这一次坐飞机之前好几个月就已经开始在脑子里盘旋的那一瞬间的问题了。另外就是真正坐到飞机里面的时候，真正绝对没有不坐飞机的可能的时刻到了的时候，脑子里原来的想法就开始自己进行修正了：谁说我坐的飞机就一定会掉下来呢？谁说那个百分之百的可能性就一定要落到我头上呢？

这样反向地排斥，实际上是自己给自己解脱紧张的一种自欺欺人的含糊。其实人也只有在这样的含糊里才能有明确的行动，在行动里失去思想是人们胆量的来源。看着那么多的人义无反顾地走上飞机，每天每时都有成千上万的人坐着飞机或者准备坐上飞机，他们所依靠的，更多的不是胆量，而是含糊，是麻木的含糊和侥幸的含糊。

飞机终于起飞了，终于在让人不得不张开嘴，等着它升到一定高度稳定下来以后才能合上嘴的忍耐之中，起飞了。现在，马上到来的一个时刻，或者以后随便的一个什么时刻，这么庞大的飞机只要有什么细小的地方出了一点问题，就完了！

你的双脚都已经远远地离开了那无比可爱的大地，只要飞机不降落，只要你还没有完全走出机舱，你的生命就交给了它，这大堆原来只是山里的石头的钢钢铁铁的东西。

最最羡慕的就是，人家谁谁谁已经下了飞机到了什么地方了。就经常想，要是知道他能那么没有发生什么事情地就到了那里的话，我还不如就和他坐一架飞机呢！可惜时间过去就回不来，现在正在开始的这一拨时间里究竟会不会发生什么事情，谁也不知道。就是这个谁也不知道，天王老子都不知道，最让人害怕。

著名的空中小姐们走了过来。不是具体的哪一个著名，是她们所戴的这顶帽子著名。这顶帽子曾经在中国非常非常时髦，曾经为她们拍过电影、上过电视，挑选她们的时候的大大小小的所有的事情都在报纸上作为最重要的娱乐新闻详加报道。众多的读者不落一字地从里看到外，从外又看到里。这是一个最让年轻女人看重的职业，因为它可以吸引无数的目光，只报上自己的职业名称是空中小姐，一切也就都够了。

她们用小车推来了食品。刚刚起飞就推来食品，这大约是为了不让你多吃的缘故吧。还是因为加上刚才晚点的时间，现在已经到了开饭的时候了呢？反正是毫无胃口可言。迷迷糊糊地坐着，仿佛是睡着了又仿佛是还没有睡着。眼角的余光瞥见又推来了饮料，红红黑黑的一片，就指了指那没有颜色的水。空中小姐一句接一句地说着同样的英语，到了我这里说出来一半，突然就改了汉语。

我的周围坐满了不大拘小节的西班牙人，和他们一起忍受了十个小时以后，天终于亮了。穿过他们大大小小男男女女的脑袋，可以看见舱口的小窗外面浮动的云，云上是红红的日出的光。那光持久地在窗外弥漫着，既不消失也不加大。太阳在追着飞机跑，或者说是飞机在追着黎明跑。

看表，看表，换了一个姿势待上那么一会儿就看看表，表针再也不像夜里睡上一觉一看又过了一个小时那么快了，看好几次也走不了十分钟。终于终于，十五个小时后，飞机终于在可以看见大地的高度盘旋了。机场不准降落，因为晚点。在空中的盘旋持续了二十多分钟，终于稳稳地停住了以后，大家仿佛都舒了一口气。整个机舱里的气氛突然活跃了起来，轻松了起来。因为还不是终点，所以大多数人不下飞机，我们这十几个下飞机的人不得不在他们站起来的机舱里穿插着，缓慢地向着舱口移动。

在门口，空中小姐说外面冷，请穿好衣服。这一声实在是太亲切了，不是因为寒冷与温暖的关怀，而是因为这句话之后的几分之几秒以后你就脱离开这架庞大的飞行物，这亦福亦祸的家伙。人们除了在非常无奈的情况下，还是不要选择这种违背人性的交通工具吧。交通工具超过了四十公里每小时就是违反人性的，如果再双脚离地，腾云驾雾，弄得人提心吊胆，头晕目眩，那就更违反了。

至今我还在为自己这第一次坐飞机就安全落地而暗自庆幸，这实在是人生的一大胜利；在殊少胜利的人生之中，这个和生命有关的胜利显得那么值得回味。希望在垂垂老矣的时候也依然可以拿这次成功的飞行，以及返程的也势必是成功的飞行，聊慰平生吧。

时　差

时差，太阳在地球在各个不同地段里出现的先后导致的时间错位或者叫作误会。

产生这个误会的前提是速度，是人类移动自己的速度超越了一定的限度。这个限度就是在一天之内，从一个日出日落的时间顺序到了另一个顺序里。产生时差的另一个条件是人身体的非理智记忆，即所谓生物钟；在这个生物钟里日出和日落的时间，与身体的睡觉与清醒的时间是基本对应的，或者说有几个小时的基本对应时段。在一种时间记忆里我们应该睡觉的时候，身体却被快速地移动到了另一种作息时间之下，原来的身体记忆和现在的理智判断之间就发生了剧烈冲突。身体记忆尽管最终是要服从理智判断的，但是这个过程并不顺利，往往要难受好几天，要睡眠无序好几天，通常都要用加倍的睡眠来弥补这种剧烈变化给身体记忆造成的紊乱。

对于普通人来说，飞机旅行是造成时差的最大原因和最主要的原因。在一个国家是白天起飞，飞了十几个小时以后，到了另一个国家，另一个国家的白天才刚刚开始；从另一个国家的夜晚回来，明明是凌晨上的飞机，降落的时候居然还是凌晨，时间仿佛凝固了，平白地多了一天。从昼到昼，从夜到夜，看见风景人物都正按照它们自己的时间运转，和自己的逻辑顺序无关，和自己的感觉隔离，真正是另一个世界。

这样不仅睡眠的顺序被打乱了，关于日期的记忆也出现了挥之不去的偏差。丢失的那一天去了哪里了呢？又怎么凭空多出来一天呢？

被时差困扰的人，如被木棒击了头，没有任何征兆地，困倦和晕眩就会随时到来。躺倒就睡，起来以后居然还困。在异国他乡的风景里行走，全新的观感居然也不能让神经完全兴奋起来，仿佛总是隔着一层东西，这一层东西是毛玻璃，是比较透明的橡胶，是我们通常称之为"麻木"的一种特殊木头。即使再有意思的事情，被时差击中的人也无暇他顾。他在那一段时间里，内心世界深处所考虑的唯一问题，或者说是他作为一个人的终极问题，始终都是时差本身。怎么会因为飞跃人们划定的所谓时区而产生这么大的身体反应呢？在飞过那一条时区线的时刻为什么我们的身体没有一点感觉呢？

追根溯源的结果是没有结果，只好将这从地球的一边到了地球的另一边的衔接的几天做一笔糊涂账，让身体逐渐记住新的日出日落的顺序，重新培养出自己在这一地域里与自然相和谐的轮回状态，再不去想飞行越过一个个时区的时候是如何给我们造成多了一天或者丢了一天的结果的原因，让一切重新开始。这是对付时差的最好方法。

当然这个方法也是有代价的，直到过了很多很多天，也许是两个星期也许是三个星期以后,彻底从时差的恍惚里脱离出来以后,你才发现:原来自己在这么多天的时间里,精神状态都是很脆弱的;表现在非常容易困倦,非常容易迅速地沉入如海的睡眠之中去,即使在朗朗乾坤里也总会有那么几个时刻是恍如隔世一般的不真实。我们身体的记忆是最真实的记忆,来不得半点虚假,一旦被破坏,恢复起来往往需要成倍、成十倍的光阴的柔和缓慢的抚慰。符合人性的旅行,符合人性的移动,应该是逐渐从一个时区到另一个时区的过度,而不应该是飞越。这也就是当初自己更愿意坐火车而不是坐飞机到德国的强烈念头之所以强烈的另外一个根本原因。当然,第一位的原因是自己的飞行恐惧症。

时差如期在到达德国以后伴随着自己到来了,表现就是睡眠上的全无征兆的随时随地突然到来。不过由此所产生的恍惚,正好可以将既往与现实之间巨大的反差在内心里所形成的第一波冲击给模糊掉。

终于摆脱掉时差造成的不定时的困倦之后,眼前已经是一片迥然不同的天地,从未抵达的历史悠久、植被丰富的德国。它几乎可以说是飞机这个神奇的机器,让人终于穿过了时差的困惑以后豁然打开的一扇门背后的全新世界。

第一次在德国坐火车

第一次长途国际飞行之后,终于安全落地的庆幸还没有结束,就已经面临着又一个重大的问题:怎么去坐火车。

这看似是个笑话的问题，在语言不通且没有任何国际旅行经验的人来说，实在无法轻松起来，它甚至比手里这将近六十公斤的巨大行李包还沉重。

还好，手里有一张事先写好的纸条，根据电子邮件照猫画虎写出来的纸条，上面用德语写着：我要买去巴特塞京根的火车票，周末票，谢谢。

果然，就设在飞机场大厅里的火车票柜台后面的德国女人在最初尝试使用德语和英语沟通之后，还是看了这张纸条才明白了一切。交钱拿票，与票在一起的还有一张很是硬挺的卡片，上面实际上详细地写着随后的行程中的一切节点：哪里上车、哪里下车、哪里转车，时间地点，几站台多少次列车。不过我当时是完全看不懂的，首先是语言不通，德语和英语虽然都是字母文字，而且据说有一定的姻亲关系，但是无论如何也无法猜度出来那些文字的含义；更主要的是，不清楚这张旅程表的设计制度，不明白赶不上一趟车还可以继续乘下一趟车，手里的车票依然有效……但是当时掌握住了一点，那就是现在该去哪里，第一次应该在哪里上火车。

售票员显然也意识到了第一个问题对我的重要，直接站起来指着我身后向下的电梯用英语说从那里下去坐地铁，然后到慕尼黑去坐火车。

走一步说一步，先进行这第一步。于是提着沉重的行李一步一挪地下了地铁。下去立刻就又面临一个问题，究竟应该向站台的哪一边坐车呢？飞机场的某些指示还有英语，地铁里就完全没有了。只有完全看不懂的德语，德语的慕尼黑和英语的慕尼黑是完全不一样的,德语的火车站和英语的火车站也是完全不一样的。最后我是根据两个站台显示的线路长短来判断的,从机场回市区火车站的线路一定是比较长的,从机场去更远的地方一定会比较短。

事后知道,这样的理论推断实际上是很不靠谱的。德国的地铁出了市区以后已经变成了郊区火车,或者叫作区间火车,往往会直接与能抵达更远的地区的地方铁路连接。如果不懂文字和制度,单凭线路判断,就很容易背道而驰,越走越远。好在凭着直觉和一定程度上的幸运,我选对了站台。终于在错过了两个方向多次列车以后,挪动着沉重的行李登上了开往慕尼黑火车站的地铁。

但是来不及将让这深冬季节里的浑身汗水渗一渗,马上就面临一个刻不容缓的问题:哪一站是火车站?车厢上倒是有线路图,也有广播,但是无奈看不懂也听不懂,不知道哪一站是火车站。于是开始问,自然是用英语问。一个一个地问,连着问了几个人都不知道我说的是什么。也不知道是自己的英语不好,还是对方的英语不好。最后终于找到了一个懂英语的,他立刻说你赶紧下车,火车站已经过去了两站地了!他比划着说告诉我,下车以后过天桥,去坐相反方向的车,两站以后下车!赶紧道谢,来不及多说什么,努力挪动着沉重的行李狼狈地奔下车去。

过天桥,这在以前不带行李的时候轻而易举的事情,现在真的举步维艰了。六十公斤的大包和二十公斤以上的双肩挎让人寸步难行。上桥下桥都没有了电梯,只能一点点地挪了。看着桥下的火车来了一趟又来了一趟,自己却是一点办法也没有。英语火车站"Railway Station"和德语火车站"HAUPT BAHNHOF",

实在是看不出一点点联系，错过只是因为没有及时问到懂的人。

在慕尼黑火车站的地铁里出来，直接就走到火车站的站台上。这时候德国火车制度的优势显现了出来：车站是码头式的，不是穿过车站而去的那种经过式的模式，而是停靠进来，站台就是码头，车就是船，人们上车如同上船，列车开动都是先以向后退的方式进行。

没有烦琐的进站手续，没有人山人海，一路上鸽子自由地起落，人们不慌不忙地各自走着自己的路，直接在停靠着火车的站台上寻找着自己的车次。

不过，这种自由的自主的登车制度使我很是犹疑，带着这么沉重的行李，最好还是不要再走冤枉路。拿着手里的那张属于我自己的列车换乘表，左看右看，拿不定主意，还是得找人问。问就要问看上去懂英语的人，对，就是这个穿着笔挺的西装戴着墨镜像个电影里的黑社会人士的高个子。

我像是进了电影镜头一样，拿着那张时刻表，客气地请他帮忙给我确认一下。他表现得彬彬有礼，告诉我要乘坐的车在哪个站台，并且快走了两步指出了那个站台的位置。

我道了谢挪动着行李向那个站台走去，心里一直想笑：一个没有语言的人，一个不仅没有语言还完全不懂得人家的火车制度的人，的确就是一个文盲，一个睁眼瞎啊！

这种感叹当然是在前途有了一定保障的时候的某种意义上的轻松的表现，上车以后这种轻松立刻又被某种程度上的怀疑给冲淡了：怎么车上没有人？不仅没有乘客也没有列车员，把沉重的行李放下以后我顺着车厢一节一节地走，一直走到车头位置，才看见唯一的乘务人员：火车司机。他显然是刚来上班，正在开驾驶室的门，我把手中的车票举起来客气地请他过目，他确认是这趟车。我这才放心地向回走。我觉着一定是我上车比较早，大多数乘客还都没有来。但是一直到火车开动了，居然也没有再上来几个人！几乎一节车厢里只坐着几个人就开车了。而且开车的时候没有反复的广播，没有打铃，只有一个低低的男低音轻轻地在喇叭里说了几句什么，然后车就启动了。

车的启动和运行都很快，虽然停靠的车站很多，但是停靠时间都很短暂。车门也很宽，上下车几乎可以同时进行，互不影响。车门是自动开关的，上车下车都需要自己去按门上的一个红色按钮。驾驶室要开车的时候会自动检测所有的车门都已经在关闭状态了，然后就会开车。

尽管后面还要倒车，但是经过这一番波折，已经对德国的铁路体系和制度有所了解，也知道哪个词是火车站了，应该对后面的行程可以应对了，有点底了。没有想到的是，斜对面的一位女士主动过来说话了。

她试探着用了德语以后用英语说，虽然互相不能很流畅地说，但是大概意思是可以明白的。她刚刚从香港回来，对中国和中国人的热情与兴致正高，很愿意继续就中国的话题和一个在自己家乡的列车上遇到的中国人进一步地进行交流。我告诉她我是第一次坐飞机，也是第一次到德国，更是第一次坐德国的火车，眼前的一切都是新鲜的，也是具有极大的挑战性的。其中一个最为迫切的问题就是下面的倒车问题。

她接过我的时刻表，告诉我倒车的地方叫作京根（SINGEN），哪个位置是站台号和车次……她也将在那里倒车，倒车去往另一个方向，博登湖方向。她说下车的时候她会再告诉我一次。这当然是她的善意，不过对于我来说，最切实的是知道什么时候下车，因为广播里的这个"SINGEN"的发音是很快的，很容易还没有弄明白就已经停车又开车了。

至此第一次在德国乘坐火车的悬念已经荡然无存，轻松和疲劳一起骤然而至。沉重的行李带来的胳膊上的酸痛隐隐传导上来。当夜幕降临，当那个因为发音位置很奇特而无论如何难以正确发音的地方，BAD SAECKINGEN（巴特塞京根），骤然到达的时候，只剩下了满心的欢喜，带着深深的疲劳的欢喜。当车上下来的仅有的几个人纷纷离开，当早就在车站等待的妻儿就要又一次失望的时候，他们一起看见了火车开走以后一个人站在站台上的我，顿时一起张开双臂猛跑了过来……

关于康斯坦斯的两封信

慧方：

收到了你的回信。难得，爸爸说我的文章有文采。因为很长时间以来我都不能自主地掌握使用一台电脑了，现在终于有了这样的机会，就越写越长了；还因为一个人在面对陌生的土地的时候，感触要比在一个熟悉的环境里多一些；更因为一个以文字为乐趣的人，躲避孤独和寂寞的方式实在也只有文字。他在玩味文字的过程中体会到了一种关怀,一种温暖,一种将无处诉说的心意倾诉掉的踏实。让他在突然缩小的活动空间、生活空间和精神空间里感受到相对来说的广阔。用老百姓的话说,百无一用是书生,絮絮叨叨的书生在无用的人生境况里只有用文字来将自己的书生气贯彻到底了。当然另外一个重要功能还是向亲人汇报,使你们的关怀能有的放矢一些,能在遥远的家乡感受到我们的心跳!是啊,写了有人看,还很认真地想象与评价,多幸福的事啊!别嫌啰唆就行啊。

刚刚从康斯坦斯回来。康斯坦斯是著名的旅游城市,是著名的博登湖边的旅游城市。黑塞曾经在这里隐居了很多年,外国文学里关于博登湖的散文作品就更多了。

小红说了几次让我们去,天明都不大愿意动。今天早晨离开车还有十五分钟的时候他还在被窝里。所以上了车以后就是一种赌气的状态,这种状态使我的情绪也受了点影响。因为他起得太晚,所以临走有些匆忙。忘记了带雨伞。看着河谷两岸的山上和洼地里的雾,很懊恼。都是因为匆忙而没有带伞,而匆忙又是因为天明的不愿意出来。他怎么就不愿意出来呢?都是没有到过的地方啊。脑子里想的就只有游戏!没有伞的话,假如下起雨来就寸步难行了。我甚至想了假如下起了雨,立刻就坐车向回走,回家拿了伞再去。

因为我们买的是州票,21块钱,也就是二百块人民币。如果买一般的票的话，我们俩今天来回这一趟大约是100欧元挂零，将近人民币1000元。这个钱在中国大概可以坐卧铺到新疆再坐回来了。从而就可以知道为什么老外在中国哪儿都去了，去哪儿的路费对他们来说都是微乎其微的，那感觉基本上就是免费旅行啊。

这种州票，可以在从早晨九点开始到第二天凌晨三点之间乘坐本州的任何一辆慢车，来回多少趟都行。不过这种显然会很浪费时间的情况终于还是没有出现，天阴着，可是雨始终没有能落下来。

在一个倒车的小镇京根的站台上，实际上已经可以看见博登湖了，水天一色，鸭鸟翔集。换乘康斯坦斯和这里相联络的城市轨道交通，就是我们所谓的城铁吧。每一两公里停一站，上下一两个人，然后就又跑起来，刚刚跑起来又停下。很快我们旁边的座位上就上来了一个亚洲面孔的女子，但是都没有说话。

稍微大一点的城市，亚洲的面孔就会很多，遇到亚洲人的机会就陡然增加。在遇到亚洲人的时候，大家的心态是比较复杂的。既有亲切感，又有防卫之念。对方是亚洲人，这一点从身材和肤色上就可以准确无疑地进行判定了。但是是亚洲哪一个国家的呢？其实主要的问题是：他或者她是不是一个日本人。因为日本人一向自认为是西方人，不是亚洲人，从来不认亚洲老乡，也就是不和别的非日本的亚洲国家的人说话，所以别的亚洲国家的人对他们也就格外抵触，绝对不会主动和他们说话的。这样一来，亚洲人相见，如果不是听到了对方说话交谈所使用的语言，是不会贸然主动说话的。

这个年轻女人穿着黑色的大衣，背着双肩挎，服饰和走路甚至表情都已经受了德国的影响。在车上，大家如入无人之境，谁都不说话，谁都不愿意破坏了火车自身的轰隆声。

到了康城，她下车我们也下车。这里是终点，所有的人都下车。下了车，我想先去售票处把回程的乘车表打好。在德国乘火车，车上也没有列车员。在哪里换车，到几站台上车，也就是说几点钟在另外的一个什么站的几站台上车等旅行必需的信息，都需要请售票处给你打出来。你拿着这张表来按图索骥。没有这张表，就是德国人自己也是盲人摸象，什么也搞不清楚。

进了售票处，有三个售票员，每个人都直接面对顾客，中间连玻璃都没有。那个刚才在车上的年轻女子正和一个也是亚洲面孔的售票员说话，我用耳朵一撩，隐隐约约但是准确无误地听出来，他们说的是中文。康城车站居然有一个讲中文的售票员，真是奇迹。

但是他们俩说起来好像没完没了，我只好和天明一起去找了德国售票员，用英语把表要了出来。其间天明帮助说了一下我们要回来的城市的名称，也就是我们居住的巴特塞京根。因为这个名字用英语发和德语发是有很大区别的，很多德国人听不懂我用英语发音的这个城市名字。人家一边给我打印，天明一边跟我说，他们的口音太重了。

我说什么口音,他说瑞士口音呗,很土。

我们拿到了表,看看那边,两个讲中文的人还在讲,就走了。在合适的机会和讲中文的人说说话,这其实是久居异国的中国人的一种普遍心态。只要去除掉那层矜持,并且肯定对方不是日本人,这样的机会大家就都愿意把握一下。不过,后来我们在康城的大街小巷里几乎随处都能见到亚洲面孔的人,骑车而过的,对面走来的,恰好在前面的。弄得我们这小地方来的人,很快就失去了先前这种和老乡攀谈的兴致。

火车站后面就是博登湖。但是我考虑现在没有太阳,湖边一定很冷,而且天明的兴致不高,马上去什么也没有的湖边未必就能使调动起他的情绪来。先进城吧。

康城显然是那种在二战中没有受什么大的影响的老城,主要街道都不让走汽车,都是窄窄的斜斜的,路面上铺着石头。这些石头不像中国古代那种平铺,而是竖铺,费石头,但是经磨。几百年上千年了,还是那样。走在这样的路上,对于我的观察,天明一点儿兴趣都没有。只是潦草地问了问为什么只有哈尔滨有这样的路面,中国别的城市没有?

这是基于他对问题的敏感下意识地问出来的,以他当时的心境应该是什么也不问什么也不说的。他说:饿,冷,无聊。在车上就喊饿了。我给他在家里做好的面包夹撒拉米肉片、鸡蛋和生菜,但是他吃了一口就嚷辣，说是昨天我炸辣椒没有刷锅。我说我那是舍不得刷，想着下一次还可以沾点儿辣椒味呢。结果忘了，给你炸鸡蛋的时候给用了。

他被逗笑了，但是不管怎么说，那个三明治他是不吃了，继续喊饿，眼睛还不住地向着周围琳琅满目的橱窗看，扭着身子想向其中的任何一家进军。连拖带拉地拽着他，到一个铜马铜人的喷泉雕塑边上，我说给你照张相吧。

不照，就是不照。

要干什么？饿了，要吃饭。

我说那好，去湖边吧。我包里还有你吃的呢，不辣的。

看看没有办法，天明只好跟着我走了。德国的饭馆实在是不敢恭维，其实即使是德国人也很少有人光顾。即便进去了，也只是要一个汉堡包，点菜的话，一桌子三个人也只点各自一个菜，一个放在平平的盘子里的凉菜——在中国人眼里所有的德国菜都是凉菜。那些喜欢在饭馆吃饭的人，倒是可以来德国一试，试试一顿饭用几百块钱都只能吃个半饱的感觉。

在每次出门之前人们都会把一天里吃的所有东西都在家里准备好；对于这一点我们立刻就入乡随俗了。天明爱吃的撒拉米在两片面包之间夹上四片；减量版的是，两片面包里只夹一片肉，最多两片肉。我喜欢吃的面包，是一种在高尔基的小说里经常看到的俄罗斯饥饿时代里屡屡被说到的黑面包,纤维很粗,但是体积大,价格便宜;有明显的减肥效果。

到湖边去的决定是英明的,不仅仅是可以让天明吃了饭扭转他的情绪,还因为眼前的景致实在是太神奇了。海港一样的湖畔码头上,成群的野鸭和天鹅在水面上笨拙地滑行,海鸥似的湖鸟在它们的头顶上盘旋,起落自如地在低空翱翔,所有的滑行和翱翔都只有一个目的:找吃的。

大天鹅在水里滑行的时候翅膀是乍起来的,我问这是为什么?

天明吃着三明治说怕湿了呗。

嗯,有理。不过不是说水禽的翅膀有油,不怕湿吗?

那实际上是帆,是滑行的时候的帆,想想那种每个大天鹅——不,应该说每对大天鹅,它们出现在人们的视野里的时候都是成双成对的——都乍着白帆在水面上滑行的情景,那些矮小黑瘦的野鸭简直就成了它们的陪衬。

有人撒了一把面包渣,水鸟们刷的一下就将天空遮住了,一只鸟叼住了,别的鸟就一起来进攻它,逼得它不得不把嘴里的那点面包渣又吐出来。那面包渣在从空中往下掉的过程中,别的鸟就接到了自己的嘴里了,然后众鸟再去追那接住了面包渣的鸟儿。

大天鹅张起自己的大白帆快速地滑过来,撞得野鸭东倒西歪的。但是因为鸟儿太多了，它的速度又不够快，过来也没有用了，面包渣一轰而空，什么也没有了。我扔出去一把土豆皮，鸟儿们在空中稍微俯冲了一下，马上就又离开了，它们敏锐地闻到了那不是什么好吃的东西。后来，转了一天以后，傍晚的时候我和天明又回到了早晨坐在这码头上的长椅这儿，发现土豆皮居然还在那儿。

我写到这里的时候天明关了他进了屋看完电视就一直在玩的游戏，坐在沙发上听着任贤齐的歌，看《镜花缘》。看着看着一拍脑门，说：痛苦啊！

我问怎么了？

吃不上甜烧饼。

那就回国吃吧。

他摇摇头，又拍了一下脑门，喊道："痛苦啊，吃不上包子。"大概这是从书里看到了什么吃烧饼的情节了，连带着想起来还想吃包子的事。

那天，在博登湖边的码头上，吃了饭以后天明的精神就好了一些，不那么别扭了。沿着码头绕了一圈，走了一段栈桥，看那边还有一个更大的栈桥，就绕了过去。路上有一个动物展览馆，天明明明知道我不会让他去，但是还是往我身上靠着说去看看吧、去看看吧。我说你在中国都看过了啊。于是就上了那条更长的栈桥。对面来了三个很壮的德国老头，说了几句话。我回了英语，前头两个都不懂，最后一个懂，很慢地说这里不开放,是私人领地。我们就退了回来。

这湖边就这么大,就没有地方去了吗?因为手头没有任何关于这个湖的旅游资料,完全是凭着自己的经验和感觉来转的,所以碰到点问题也是正常的。就又转到了城市里。这时候天明的情绪已经基本扭转过来了,又开始有说有笑了。从下车开始,时间已经过去了一个多小时。

今天累了,准备洗澡睡觉了。明天接着写吧,最精彩的还在后面。

东方　3月4日晚上10:11

慧方:

刚刚收到了你给天明的信,他正在床上靠着看电脑里的游戏攻略。昨天晚上睡觉的时候在电脑里放马三立的相声来着,说的是一段一年四季各种各样的美食的,说得我们大呼小叫,垂涎三尺。

接着昨天写的说。

在康城的大教堂边上坐了一会儿。让天明有点喜出望外地吃了一块那一天万圣节撒的糖。给他照了一张相。

德国的城市里面其实每个和每个都比较相像,无论大小都有一个教堂,都有一个可以进行宗教活动和节日庆典的小广场,都有几条纵横交错的铺着石头路面的小街。然后就是人稀路静的安详了。大同小异吧,没有来过的话,那走一走还是值得的。

沿着小街又到了城中心的莱茵河口上,这里是莱茵河流出博登湖的口子,一座铁路公路行人混合桥,一座行人自行车桥,一座公路大桥,相距都在视野范围之内,大约有三四公里远。桥和桥之间的岸边上停满了各式各样的小船,都是很高级的机动船。这个季节都蒙着帆布或者彩色的塑料布,立着高高的杆子,一片海港的景象。

水面上用天明的话说几乎就是养鸭场,黑色的野鸭密密麻麻地布满了水面,其间的大天鹅以它们庞大的身躯和洁白的羽毛尽显尊贵典雅之态。见到一只鸭子头扎在水里,两腿伸直,死了。死了就死了,别的鸭子只是离开它一点距离,任其随水漂零。鸭子们在河里自生自灭,无被猎杀之虞已经是很幸福了。

河边有几个堡垒式的圆形建筑,古色古香,正好有一个大胡子的胖子开了门进去,天明一看,里面是仓库,有很多可口可乐。

我们在河边上走走停停,去掉了树冠的粗大的法桐树下是随时可以坐下的木椅,只要没有雨水,就可以放心坐,不会有尘土。这样坐冷了就走,走累了就坐,说的话都是游戏或者恐怖故事。

天明详细地描述了在你们家里听的那个磁带《张震故事》的内容和气氛,分析了之所以恐怖的原因和恐怖产生的时候的状态,津津有味。我和他谈起了人类恐怖的根源,和现代社会恐怖感逐渐从人类身上消失的现象。我们一致认为恐怖感产生的环境基础是蒲松龄身处的那样的、与大自然更接近的时代。

说这些话的时候，我们或者看着河底出现的一条大鱼，那条鱼因为过于庞大，伸着长长的胡子，所以野鸭们已经对它无从下嘴了。它可以非常安全地在清澈的水里悠闲地游动；或者在街心的雕像边上小坐，这些雕像描绘的是一群奇丑无比的男女洗澡的场景，不知道代表了他们文化中的什么含义，因为正在过狂欢节，所以几乎每个雕像身上都给背上了一个破旧的双肩挎，都是土色的那种并不是花花绿绿的，说明这里面也是有一定的讲究的。说不定还是故意把那种土色的挎包搞旧了以后，才给它们背上去的呢。

因为处于街心的位置，两边就总是有横过马路的人。一些打扮成妖魔鬼怪的形象的人穿着他们戴面具的衣服款款而行，大家见怪不怪，形成了一幅罕见的街景。这也是节日里才有的现象。

一座教堂门口有很多孩子，也着盛装，手里摆弄着乐器；一群正往家里走或者从家里走出来的大人孩子们，也都是类似的打扮。因为吃饭和作息已无国内的规律可言，所以对于什么时间人家在做什么经常是无法准确猜测的。德国人不睡午觉，作息里没有这个时间。我现在已经完全习惯了，不仅不睡午觉，而且在中午应该睡的那个时候，也没有困的感觉了。

不知不觉之间阳光已经冲开了一直笼罩在人们头顶上的

云雾，寒冷逐渐退去，我们感到了一丝温暖的春意。

又回到了莱茵河出湖的河口上。回来并不是为了发现真正的旅游点，而是因为有尿。在康城的大街小巷里都没有公共厕所，连那个全世界都通用的WC的标志都没有。天明有了这个意思，我也有，我说那就去河边吧，在那里找找有没有合适的地方。

早晨的时候我们在码头上看见一个骑车人，吃过了饭，扭过头去，就在码头上解了手，然后骑车走了。因为距离远，不知道是不是德国人，但是至少是一个住在这里的人。因为骑着车，因为匆匆忙忙地吃的早饭，说明还要去上班什么的。当众解手的事情在斯图加特的席勒广场也见过一次，那是一个下棋的地方，就是把国际象棋的棋子弄成半人多高，下棋者搬着棋子走，既是智力又是体力的双重运动。下着下着棋，其中一个人转到了一丛小树背后，不管后面是不是有很多游览的人正对着他。那一次我有点惊讶，这一次已经不太惊讶了，看来不管什么样的民族，在不给这样的配套设施的情况下，都没有别的选择。

回到莱茵河河口上，阳光灿烂得已经耀了眼。我说桥下解决吧，天明说对面的人能看见。实际上阳光从我们这边照过去，对面的人根本就睁不开眼看这边。这一点我们到了对面的时候才发现。

我说那就去对面吧，对面有一片茂密的树丛，是一片山野园林。德国的城市里经常保留一片仿佛从古代到现在就根本没有动过的原生的地貌和植物状态,树倒了就倒了,树叶在地面上腐烂了就腐烂了,一切都按照自然原来的样子摆在那里。估计那也是一片。但是天明似乎还在犹豫,就又反复动员他到桥下,我看着人,但是不行,他还是不去。

我们俩吃过饭,上了一下网,看见了你给他的信,正好也谈到了马三立的相声。真是巧啊!

刚才叫他吃饭,他正在跟着磁带念德语。这在过去还是一件很难的事情,现在一旦念起来叫了几次去吃饭都不动。这就是天明的特点,不做什么就罢了,一做什么就很认真,很投入。

我叫他吃饭的时候,通过一尘不染的通往阳台的门,看见楼下正有一个女士走过。我说快看,你看像不像你姑姑?他赶紧看,见那人也穿着黑衣服,身材也差不多。他笑着说,像、像,这个人也不胖,就是这个人的眉毛长。这是外国人的特点。

我们俩站在公路铁路行人混合桥的一侧,看着对面的湖岸上的树丛,就是不是马上解手的问题争执不下的时候,突然天明看见对岸的一个地方聚集了一大片天鹅,大约有几十只,雪白的一片,景象非常壮观。

走,去看看!这回他的行动很坚决了。这也正合吾意:一是那树林就在那边,可以过去解手;二是可以就此引导着他去湖的那一岸走一走。看来，那一边才是真正的旅游区。

阳光这时候变得异常明媚，下午两三点钟的阳光能如此明媚只有三月，只有寒冷未去而春天初来的这个时刻。桥上桥下，岸边路上突然有了很多人，推着孩子的，骑着车的，更多的是徒步走着的，大家的脸上都洋溢着奔向最美好的什么事物的时候的那种期待的愉快。这种期待的愉快实际上就是愉快本身，而所谓真正的愉快其实一般都超不过这种期待的愉快，前提是这种期待的愉快的目的物眼睛能看见，马上就能实现。

是的，靠着自己的脚步马上就能实现的愉快和幸福，这样的时候对一个旅行者来说是千金难求的；或者说是千金所求的。花费了那么多的金钱和时间，忍受了旅途的劳苦和准备的思量，出门到了一个地方旅行，如果有那么一个时刻能让你感觉到这种即将进入什么美景的期待，那就已经是不虚此行了。

下午的阳光像美丽的日出一样照耀着美丽的博登湖，让人相信它的大名鼎鼎所来不虚。周围所有的设施，历史上的名人对此地的一再光顾等等，都是有原因的。原因就是现在眼里所看到的景象：波光粼粼的湖面上野鸭、天鹅、海鸥纵横，从最远处徐徐而近的轮船到岸边熙熙攘攘的游人，一幅人间祥和万物条顺的景致。

那一片大天鹅所以在岸边盘桓，是因为一个老妇人正站在水里捡拾石头缝隙里的什么东西，据天明分析很可能是刚才她喂了些食物以后才开始捡的,否则大天鹅们不会都来这里,有的还站到了岸上。大天鹅站到岸上的时候就没有在水里那么漂亮了,露出短短的腿,呆呆地站着;天明走过去挨着它们很近了,它们都没有什么反应。

这里的湖岸上开辟有自行车道、行人道,分得很清楚。虽然阳光下的人们越来越多,但是远远没有多到国内旅游点的那种程度。在水边上最好的位置上的长椅居然还没有人坐。我和天明坐在那里吃饭、喝水,看着那老妇人认真地一丝不苟地捡着水里的玻璃碴、草棍和塑料袋。大天鹅亲密地在她的手上啄着,似乎是在要吃的。看来这些天鹅和她已经是老熟人了,从她手里得到吃的也已经成了条件反射。

一个人能和一大群野生动物如此亲近实在是不可思议,特别是在这人口很多的城市,在这外来人特别多的旅游区。我们几乎是贪婪地看着这幅景象,一点一点地将自己感到惊讶的东西看到和德国人一样熟视无睹的程度。

这时候才在内在的召唤下想起解手的问题,立刻收拾了行装,奔着一边的丛林而去。那儿果然是一个原始的丛林,里面有厚厚的长满暗绿色的苔霉的落叶,走上去竟有弹簧的感觉。在两棵非常非常粗大的大树后面分别解决了问题,又在一棵横躺的大树旁照了张相,这才无比轻松地走了出去。像是从夜里走到了白天,因为丛林遮天蔽日,日光根本无法抵达人的高度。

从此以后的几个小时,是我们来康城旅行的这一天里的最高潮的乐章。湖岸上的水泥路面走完以后就是只允许行人走、连自行车都不让走的土路了，土路的一边是湖，另一边是一家一户的住家。这些住家都是有历史的大家大户，每一户的宅子占地面积和楼房都非比寻常，有的还有石碑记载着或者说是炫耀着——因为石碑面对土路上的行人——这宅子的历史；有的老人就是刚刚从宅子里打开后院的门出来的，有的正开开门往回走。这些人的装束并没有什么特别，整洁干净是他们唯一的特征。再有一个特征就是普遍的年龄大。老头老太太在一起，很少有年轻人作伴的。

德国人奋斗了一辈子，老年的境况是相当不错的，除了孤独以外，别无思虑。能在博登湖边有这样一处宅子，说明这辈子挣的钱不少。至于人生的别的方面是不是成功，那就一个人一本账了。他们慢慢地踱在自己家的后院的外面和世界各地来此旅游的年轻人们并肩而行的时候，头脑里的所思所想肯定不仅仅是眼前的景致；但是对我们来说，看到的和想到的大约就只有眼前的景致了。特别是天明，步步为景、步步可惊，感叹和叫喊使他早就把自己不愿意来、来了还闹脾气的事抛到九霄云外去了。

土路是原始状态的路，两边的大树，除了有倒下来砸着人的危险的被锯掉以外别的就不管了，完全按照自然生长的规律由上帝安排着他们的生老病死。树木锯掉以后，一般还要保留树桩和一段木头，证明这树已经空了心儿、随时都有可能伤着人。这似乎是德国对待树的一个传统，天明他们学校里的一棵大树被锯了以后也是这样的。

虽然季节还没有到，但是面对一棵棵歪歪扭扭的柳树和笔直的大松树还是完全可以想象再过上半个月二十天以后的杂花生树乱柳生烟的景象的。一棵红松树引起了天明的惊讶：真是红的啊，他抚摸着，从树身上拿下一小块红色的树皮做了纪念。

当夕阳西下，晚霞将隐藏在云雾后面的湖那一边的云天深处的皑皑雪山映照了出来的时候，那种雪山湖水岸柳斜阳的景致，实在是既有西湖的精致又有西部山水的壮丽了。

天明表达自己的喜悦的方式是跑到水边上向着水里抛起了扁平的石片，看一次能溅起几个水花。跑向岸边的还有散步的人们领出来的狗，各式各样的狗大小颜色神态都迥然不同，但是跑出来的时候的轻松和愉快却是一致的；它们养尊处优的生活和从来没有被迫害过的平淡的经历，使它们普遍具有一种温文尔雅的精神气质。跑到陌生人身边不是吼叫而是温顺地看着你，你一挥手它就会趴下，以为你要爱抚它。

湖岸上的路曲曲弯弯，一步一景，转过一个弯儿就能看见一个意想不到的自然画面。清澈的湖水，悠闲的天鹅、芝麻粒一样多、一样黑的野鸭，是所有这些景致之中不变的几项内容。

到了我们此行的最远处的时候,坐在湖边的长椅上,看这边和那边的渡轮往来,天明就说什么也不向前走了。我们就慢慢地向回走。这时候,漫天的彩霞将城市里高大的尖顶教堂的完整轮廓投影过来,前面是湖水,后面是上帝,使这个湖边的港口城市有了一瞬间的辉煌。

夜车坐得很顺利,拿着乘车表,该倒车该去几站台都有了根据。在接近巴城的时候,车上上来一男一女两个带着枪的警察,先看见我们,还有我们旁边过道另一边的一个黑人女子,于是两个人对了一下眼神就走了过去。

我想起来上次去斯图加特回来的时候也是在这附近看见警察在车上检查,还翻了东西,这一次莫非还是不查我们?因为带着孩子,还是因为……但是,很快他们就回来了,用英语要求我拿出护照来。好在我出门的时候是带好了我们俩的护照的。他看了看,又问了问,就还给了我。

可是那一边的那个非裔女子显然是有麻烦了,问她的是那个女警察,可能发现证件上有什么问题,于是女警要求她跟他们走。临走的时候那男警察在桌子底下又看了看,还打开装垃圾的小铁盒看了看,看里面是不是有什么东西。这两个警察穿着绿色的衣服,因为天冷,都是那种短大衣。枪就挂在衣服外面,似乎不仅仅是为了用起来方便,还为了起到一定的震慑作用。

这种检查护照的事在一个外国人来说应该是再正常不过的事情了,但是我还是有点感觉,感觉像是进入了有关二战时期的德国电影：检查护照，如果非雅利安人就会被抓进集中营。历史的影子在现实里总是能找到一些的。你身上的护照就是作为祖国的你的家乡对你身份的一个证明，人家尊重的不是你个人而是你的祖国，是你那个你也许身在其中的时候也没有什么特别的感觉的祖国，给你的作为一个地球人的身份。不过，事后才知道，上来检查的并不是德国警察，而是铁路在经过一个位置已经处于瑞士的火车站的时候，瑞士的警察。

好，写了很多，但是感觉还是没有写充分，没有把湖边上的感受写充分。也许只有身临其境才能感觉充分吧。

此行，从离开巴城车站到回来一共十一个小时，除去来回坐车的三个小时，其余的八个小时都在步行之中。

东方　3月5日中午12：13

莱茵河边的小城

多年以来，一直有对行经的地方做笔记的习惯。无论如何也是想不到的，在新的一年的笔记里，第一篇是黄峪，第二篇居然就是这莱茵河。

黄峪和莱茵河，就这样风马牛不相及地被联系到了一起，联系人就是我自己。我自己的身体在新年的第一天里踩着大雪走到了华北平原西部太行山刚刚开始的那个叫作黄峪的山沟里；还是我自己的身体，过了二十一天以后又来到了两万里以外的莱茵河边。

这种变化想想都让人兴奋，对于一个真真切切的实现者来说，能不因为它凭借了现代交通工具而来的陡然实现而晕眩吗？这是一种幸福的晕眩；在这种幸福的晕眩里，我的感觉因为真实而兴奋，也因为真实而变得失真。这种失真是我所愿意的，是地理审美的至高境界。

莱茵河，这个大名鼎鼎的名字突然出现在自己眼前的时候，心里是没有多少准备的，尽管早就知道妻儿就住在莱茵河边上，她们总是到莱茵河边上去打乒乓球，儿子会因为一个球被打到了水里而悲哀地说："一个生命就这样随波逐流地消失了啊。"但是，因为一直是在城市里面走，眼前都是古老建筑风格的教堂或者坚固的老街饭店、旅馆，脚下是在中国只有哈尔滨的中央大街上才有的、用石头竖着铺成的已经几百年了的路，所以当错误地走进没有围墙的警察局里又赶紧走出来，一下就站到了河边上的时候；当眼前干干净净的流水，浩浩荡荡地在树枝与树枝上的绿霉组成的屏障里面滚滚向前奔流着的景象，突然呈现出来的时候，自己还是很有一点惊讶的。

一条没有污染的大河，这在我们的概念里已经是非常稀罕的东西了。要么虽然没有被污染，但是河的流量不大；要么河的流量还是不小的，但是泥沙俱下，颜色不明，味道可疑；更多的情形就是只剩下了干涸的河床，只剩下了沙漠一样的河流的痕迹。关于河，我们所遇几乎是已经没有另外的情况了。

莱茵河活生生地为我们提供了另外的情况，在阴凉的空气里，在潮湿的灰色里，清亮的河水咕咕而去，无休无止；河里的水鸭和天鹅悠然地漂浮着，因为一种什么号令而集体飞行一下的时候突然就起了一片喧哗，即使是有了这样的喧哗，高贵的天鹅也依旧不紧不慢地互相依偎着，它们已经习惯了这滚滚而去的清水与时而喧哗一下的鸭子，已经将这种外人眼里的美丽融化到了自己最日常的平静之中。

和妻子一直沿着河边走着，走过了城市里的莱茵河路段，过了一个发电大坝，就是人们在河边野餐或者耕种的地方了。每一块被化作特殊用途的河边领地都经过了政府的确认，有的养草养花，有的养动物。当然，被圈起来的家鹅和近在咫尺的莱茵河里的大天鹅们相比，精神状态显然要逊色得多。

河边的树呈现出一种杂乱的原始状态，距离和方向都由着树木自己的意志做着无规则的伸展，脚下的路也没有硬化，一切都保留着原始的状态。只是在这原始的河边小径的路口上竖着一块牌子，上面画着一个母亲领着一个孩子，意思是只允许行人进入。

空气是潮湿的，即使现在正是冬天，也因为这种无处不在的潮湿而显得有了早春的意思。走在这种意思里的人因为这一层意思而对潮湿有了好感，特别是我们这样从干旱地方过来的人，顾不得抱怨，只知道陶醉。

攥着妻子的手，一起走在这种原始的潮湿里的时候，一起走在这只在图片里见过的大河边上的时候，控制不住的笑意就盈满了我们的胸怀。天上有一层变幻着的彩色的光，彩色的光立刻就在水面上流动起来，和黑色的鸭影、清色的水流一起折射起一点

莱茵河边的小城

淡淡的晕致,将我们微笑着的脸涂抹得仿佛是刚刚有了爱情。

这就是我们要来德国,要来德国南方的小镇的最真实的目的吧。只为了能在这样原始的河边自由地走一走,不仅是在人流滚滚的漓江,不仅是在泥沙俱下的黄河、长江,还要在这清凉潮湿、纯净安详的莱茵河。

莱茵河上的这座巴特塞京根廊桥是全木结构的建筑,据说已经有四百年的历史了。除了桥面上有两道自行车走出来的凹进去的椭圆形的辙以外，别的地方还都保持着仿佛刚刚建好的时候的样子。正中间的地方有一条白印，那是德国和瑞士的国界线。瑞士虽然当时不是申根国家，但是这里也并没有警察把守，行人可以随便来往。不远的地方还有一座公路大桥，那上面的车更是川流不息。德国这边经常可以看见挂着有红底白十字的瑞士国旗的汽车，估计那一边也是经常可以看见德国牌照的汽车的。夜里的时候，经常会有对方国家的人把汽车停在异国，然后步行回家；然后第二天再到对面去开了车上班。这样就省了走公路大桥的排队和通关手续。在把一切都复杂化的国度里，对于国界这样的大事他们倒一反常态变得简单了。

在瑞士一侧，桥头就有供游人一坐的木椅。坐在那椅子上回看巴特塞京根古城，木桥和教堂都可以收入眼帘。如果是在夜间，身后瑞士的一家工厂里一个什么车间照如明昼的灯光就仿佛彤云浮顶一般，偶有夜鸟划过，它们的身子下面都被照得一清二楚，成为一种难得一见的魔幻景观。不过总的来说，瑞士那一边还是不如德国这一边人文内容丰富。

德国这一边桥头的一些雕塑和标志显然也是有年头了，不过看惯了中国动辄上千年的古迹再看这些东西就没有多大感觉了。窄小的街道上店铺临街，藤与树被小心地保留着，成为石头路面上潜伏着的生机。潜伏到春天，潜伏到夏天，潜伏到人们的心里，因为只要看见他们即使只是一些枯藤的样子，也就可以尽情想象他们葱茏的时候了。

一些人坐在店铺里，紧挨着窗，从路上走过似乎都能蹭到他们的衣服。他们所围着的桌子很矮小，或者是因为这里的人都很高大而显得桌子很矮小，桌子上的饮料和食物都非常简单，围着矮小的桌子上的一点简单的饮料和食物，他们可以兴致勃勃地坐上一个晚上。不会有那种因为你点东西点得少而自己都不好意思的情况；因为顾客很少，不管你点多少，你这一张桌子，这一晚上他只做这一桩生意。

周末的时候，这条通往瑞士的小街上人来人往，形成了一种在这个小城里极少见到的熙熙攘攘的景象。尽管在以中国为语言背景的时候将"熙熙攘攘"这个词用到这里，还是有些勉强的，但是那一刻毕竟还是这里最有人气的时候。

教堂在这条街的一边，高大宽敞，有一个在这座小城里算是最大在我们的城市里只能算是个街心花园的小广场。门是随便进的，尽管它是那么庄严，但是只要你不大声喧哗，只要你摆出小心翼翼毕恭毕敬的样子，就可以进去了。其实也没有人一定要让你做出这种样子，只是进去的每一个人都如此，你也就很自然地不得不如此了。

从顶到墙，到处都有宗教绘画或雕塑，零零星星地坐在长板凳上的人们也都像什么艺术品一样悄无声息。儿子和儿子的俄罗斯朋友斯拉娃两个孩子的旅游鞋在木质地板上的摩擦产生出一些吱吱的声音，使他们灵活的脚步顿时变得有所收敛，并从而有了另外的乐趣。

与其说走在这样的地方有什么敬畏，不如说更多的是进入了别人敬畏的地方而产生的小心。高大的穹顶上，彩色的宗教内容被永久地叙述着；一间小小的侧房里，点着蜡烛，有人正在那里面忏悔。其实如今的人更多的是在自己心里忏悔了，或者只在心里走走忏悔的想法了，似乎有了这个想法再做什么就可以心安理得了。甚至不是事后忏悔，而是事前忏悔，是在做什么违背道德的事情之前就先把心理问题解决掉。

教堂里经常有形色匆匆的中年人走进来，快速地抓起一本圣经，然后坐到长凳上，口中念念有词，仰头凝视着高高在上的神，眼里似乎有了泪。有了泪，效果就有了，就站起来，放下圣经，用一根指头点一点挂在圣经边上的圣水，在自己胸前一点，然后又匆匆地走了。

莱茵河边上的这个小镇里的一个阴冷的周末的街头景象，确实比平常要丰富很多。一些戴着自行车帽骑车的人，三三两两地驰过。其中有母女俩的组合，有几个半大孩子的组合。

汽车、行人、自行车一时间组成了几乎可以说是热闹的场面。联想起刚才在莱茵河里所见的那几个划着木艇的人，在一个完全没有国家组织而纯粹是个人生活的景观里，这些人的活动已经可以说是丰富多彩了。

大多数时候莱茵河边上的这个小镇都是阴沉的，都是不见阳光的，即使有了那么一下拨开云雾见太阳的时候，也都是短暂的一瞬间，人们刚刚来得及欢呼一下，或者刚刚因为阳光而站到了向阳的窗户边上，那阳光就随之消失了。

还有一种情况就是太阳雨。好不容易有阳光了，但是阳光里却飘着雨丝，这种飘着雨丝的结果并不像国内那样往往是阳光最后占了上风，却总是雨丝占了上风。天就又阴了，雨唰唰啦啦地在即使冬天也总是绿的树木灌木上淋着，淋着；发霉的气息裹着负氧离子，让任何一个角落里的人都呼吸舒畅。水滴砸在莱茵河的河面上，野鸭和天鹅完全不当一回事。走在岸边上的人撑开了伞，或者就那么像野鸭和天鹅一样淋着，不管是走路还是跑步，一切照旧。

大松树和缠在大松树上的藤萝在这样的淋漓之中显得更加青翠。雨这样不紧不慢地下着，停了就停了，天还是阴着，对人、野鸭和天鹅似乎都没有任何影响。

轻易看不见太阳，但是并没有喘不过气来的压抑。这就是莱茵河边上的这个小城在冬天里的天气特征。从这样全新的天气特征开始，我们将一天一天地迎接它逐渐灿烂起来的悠长春天。

瓦尔茨胡特附近的莱茵河岸之行

3月31日，正是浓春时候，沿着莱茵河上行，驾轻就熟地离开巴城，过莫格（MURG）和劳芬堡（LAUFENBURG）。这两个地方的路因为以前来过一次，所以感觉就很快地通过了，没有了原来的那种探索感，也就在感觉上省了路，省了时间。

过了劳芬堡以后在小路上有一个地方非常有情调：一条蜿蜒的小公路在平原上伸展着，中间有一棵树，树下有一把红色长椅；对面是粗大的苹果树，远远近近地排列在田野里，既不少也不多。更远的地方的村庄，有着红顶的房子，和正繁花似锦的春树。小雨之下，一切都湿润而潮湿。一块墓地处于几个村庄之间的三角地带，矮矮的树丛篱笆，里面花花朵朵，一片清雅与安详。一个十字架，一把长椅，一个小小的公共汽车牌子，一切都像是在既随意又暗含着某种规则的梦幻之中。

莱茵河畔的很多地方就是这样，在貌似完全的不经意之中，却让你可以有无法自拔的艳羡。

公路越来越窄，发现已经没有自行车的路了，感觉应该在这附近有专门让自行车走的路；向河边看，显然已经没有地方了，那只有在山上了！就找到一个岔路，上了山。果然，山上有一条几乎和下面的大路平行的穿越一个又一个村镇的公路。

走在这样的路上首先是避开了主干道上汽车的威胁，其次是可以尽情地欣赏路两边家家户户的花花草草。细雨之中，或快或慢，都由自己掌握。这种骑车在欧洲的山谷间漫游的感觉，实在是妙极了。

有时候就想，自己究竟是怎么实现的这种在欧洲骑车的梦想的呢？真是不可思议。

这样沿着山坡上的小路前进，看见路边上一块花地上竖着一根铁柱子，柱子顶上有两个小牌子，分别写着两种花名和价钱，下面正中的地方是一个可以投币的小孔。这是设在田头的自动售货机，货就是地里的花，挖什么花挖多少都由你自己定。应该投多少钱你也是心知肚明，至于你是不是往里投钱，投多少，那就完全凭你自己的良心了。在村村都有教堂的氛围里，估计生活在这里的人们是不会在这样的小问题上有什么闪失的。

教堂周围一片红云，正是樱花盛开的时候，粉红色的花树下，座座石碑在肃穆里似乎也有了几分醉意。坟也是有表情的，秋冬季里它的悲凉和春暖花开时候它无能为力的跃跃欲试，区别还是很大的。

按照路标所示，从山坡上下来，过了横跨在主干道上的桥，到了挨着莱茵河的一边。这是一条非常明确地给行人和自行车留出来的路。这小路在雨后的湿意和诗意里，将大杨树上的毛毛溢出来的清香，细细地裹进了人的鼻子：啊，德国的春天是缓慢的，所以也是悠长的，它将美延长了；不像国内的春天是短暂的、是瞬间的，虽然有骤然的兴奋，但也让人充满了遗憾。这里的春天仿佛是慢动作，让你可以分解地观看，细致地体会，从容地享受。

站到河边上，对着对面瑞士的一个电厂或者什么企业的大冷却塔沉思默想一阵，却终究还是要继续前进，去寻找一定会有的更美的场景。

未进瓦尔茨胡特（WALDSHUT）的城区，而是沿着河向庭根（TIENGEN）走。河边群鸥飞翔、鸣叫，桃白桃红，柳绿柳黄，形成一种春天的乃至是人生的极致景象。河对岸瑞士人家的影子倒映在河中，河面平齐和缓。很有点漓江的味道。看到一个挂着小钟的渡口，来人只要一敲钟，渡轮就会横着开过来，再横着开过去。这一段没有桥，互相之间的交通沿用着古老的摆渡方式。

从瓦尔茨胡特到庭根，有专门为自行车辟出来的小路。无尽的路，无尽的美。可以看见学校开在河那边的运动场，可以看见廊桥，看见升高望景的观光轮。长堤上有散步的人，也有读书的人。

很是后悔，未带干粮和饮水。不过呼吸空气里的水分似乎也能解渴，不像在自己干旱的故乡，渴了的时候很快就会嘴唇干裂。

过了庭根以后，到一个小村边的超市里买一罐啤酒和一袋面包，不到两块钱的东西，其中就有将近一块钱是为啤酒的易拉罐上的税。拿着这些食物，坐在这莱茵河的小小支流边（林河）的长椅上，对着小河，对着倒树，一点一点地吃喝；这是一种难得的、可以停下来慢慢体会的享受。

沿着莱茵河的支流上的小堤，似乎是可以无限走下去的，这种错觉非常美妙。来了一条大狗，在周围逡巡着，显然是闻到了饮食的气息，但是又囿于主人的呵斥而只能悻悻然地绕开了。

回程的时候进了瓦尔茨胡特城里，看了看宽阔的帝王大街，一切都如古代。一座宏伟的大桥横跨在莱茵河支流的入河口上，也成了帝王大街的一部分。

又到距离大公路几百米的莱茵河小路上去，那里绝尘弃土，无人无车，无古无今。但是，路很快很快也就没有了，只能返到山坡上。

生活在这样的画卷中，万事万物都得其所哉，因为美妙的天空和大地、河流和山川，用美的最高的可能性，装点了一切。

这是来德国以后自己骑车出来玩，玩得最投入、最快乐的一天。

往返海德堡的路上

早晨五点就起来了，赶5:30的火车。在站台上，又看见了那天和儿子一起打乒乓球的非裔小伙子。那一天我和儿子照例在莱茵河边的公共乒乓球台子上打球，他和女友沿着河边散步走过，站定了饶有兴致地看了一会儿。我问他愿意打一会儿吗，他欣然接过了球拍，和儿子对打了起来。打得兴高采烈，眉飞色舞。

他看见我们，走过来主动打着招呼。说他和女朋友在巴特塞京根待了一周的时间，现在要回英国去了。

一个非裔女人来送，似乎是他的母亲。在儿子上火车的一瞬间里，她正和我们笑着打招呼，但是一回头突然看不见了已经上了车的儿子和女友，脸上立刻就露出了惊慌之色。不过随着挡住她视线的人的移开，她马上就又释然了。还能看见孩子，做母亲的就还心安。

最早一班列车在巴特塞京根的停留和启动都只在一瞬间，人们上了车，车立刻就走。毫不犹豫，更不拖泥带水，完全不顾及车上车下的人的依依惜别的感受。

车到巴塞尔，第一次倒车。一个女服务人员主动问那个非裔小伙子，有什么需要帮忙的没有？他看见我望着他们，便对我做了个鬼脸。那意思是，看，把我看成是乡下来的了。或者是：就因为我是非裔啊！

不过，很快就又看见两个警察在盘问他了。他的肢体语言是一种想摆脱什么和对什么不满的状态，仰着头分辩着。终于检查完了，两个警察可能也是为了缓解一下气氛，又指给他牌子上的车次，主动告诉他要换乘的位置。但是这也没有能使他好受多少。

他走回来的时候，对我们也视而不见了，怒冲冲地回到坐在一边的女友那里去。在站台上那么多的人里只盘问他一个，这在他肯定会理解成种族歧视。不过，也确实是在当地的违法乱纪者之中有色人种多一些，所以警察从维护治安的职责上说，对问题多的人群进行盘问也无可厚非吧。

有意思的是，他的白人女友对这一切都处之泰然，抱着一种旁观的悠闲态度，似乎很明了整个社会对于有色人种的这种不无偏见的所作所为，没有一点新意，懒得说什么，甚至对自己男友的怒气冲冲也非常释然，像是看见孩子在赌气似的。

火车开始在逐渐明亮起来的大地上奔驰，一座座德国小镇在春天灿烂的花朵里一掠而过：尖顶的教堂，参差的森林，斜坡地上整齐的如一种黑人女人的发型的葡萄园，清亮的河水，灿烂的玉兰花树，粉红的桃树樱树，还有那带子一样伏在丘陵间的小公路，偶尔一座或残或全的山顶城堡……一切都仿佛那种关于城邦设计的电子游戏里的景象。

车厢里的人是比较少的，大家也都很有秩序和公德，没有人高声说话。列车的座位比我们习惯的宽大，人也不多，可以没有任何压力地看着窗外的风景。让人感到，乘坐火车这种交通工具，其实也可以是一种享受。

在卡尔斯罗倒车的时候到站前广场上转了转，对面的公园里正是满园春色的好时候，一群火红的火烈鸟在黄灿灿的复活节花的映衬下显得格外吸引人。旁边有两个说中国话的年轻人，显然是留学生，便请他们给我们一家人照了一张相。离开巴特塞京根，离开南德以后，这种遇到同胞或者亚洲人的机会明显多了起来。

抵达海德堡的时候已经是11点多了，正是一天之中最明媚的时候。过了内卡河上的古桥，走上山坡上的哲学家小道，被那种古老的石头小路和两边狭窄的石头墙所吸引。老墙上爬着很多藤蔓植物，它们的新绿和脚下被磨掉了所有边边角角的石头路面形成了一种对照,而山坡上红的白的黄的花树和暗香,又为这种对照添加了最为现实的色彩。

这条小路上曾经有好几个在本地生活过的大哲学家来来回回地走过去又走回来,在很多天很多年里往复散步于此;他们的大名为这里的旅游业带来了经久不息的好处。这条小路依旧是躺在当地的日常生活中的小路,任何人都可以走上去,不收费,也没有什么特别说明的牌子。上上下下的人络绎不绝。这里也是我们全家这一天里的情绪的一个高峰,仿佛有了这里的一个小时,这一天也就知足了。

河对岸那俯瞰着整个海德堡城和内卡河的城堡,还保持着二战被炸以后的残貌。那里是要门票的,但是也都是象征性的:成年人2.5欧元,小孩1.2欧元。门票只是对城堡核心位置的收费,周围其实也已经是城堡范围内的很多地方都是自由出入的,有不少人在那些位置上的草地上赤膊晒着春天的阳光。

城堡里面巨大的屋子里有这个城堡各个时期的绘画,有好几个相关的展览。屋子外面有非常非常宽大的平台,可以纵览下面的景色;还有非常非常宽大的院内空间,可以容纳众多的人员活动。

一棵老树在老墙下正在抽出新绿,儿子先注意到了这个景象。他说他对古堡向往已久了,因为电子游戏里经常有古堡出现。这一回终于到了真正的古堡里面了。他在整个游览过程中始终拉着我的手,我走多快他走多快,一步不落,兴致勃勃、津津有味。我在外国小说里也经常看见关于古堡的描写,但是心里早就没有了向往,完全凭想象也能猜个大概吧。现在身临其境了,似乎也没有什么意外,还是少了少年人的那种好奇和求知的欲望。睁开眼看世界什么时候都不晚,但最好是在年少的时候。

从城堡里出来回到市区广场上,有两个中国人和儿子搭起话来。其中一个指着儿子高声对另一个说,这个小孩儿会说中国话。那种将惊诧与不大尊重混合起来的不见外之状,是我们在过去的环境里司空见惯的。他们作为游客,大都保持着这种相当本色的言行举止,蹲着的,走路歪着的,勾肩搭背的,还有那种单手拿着摄像机、扭着大粗脖子的毫不掩饰地东张西望的;这些姿态拿到德国来,拿到海德堡这样的国际场合里,很显眼。但是很多人实际上是无知无觉的,一切都是根深蒂固的习惯,自己一点儿也不知道有什么不合适。

那两个人问了儿子怎么去火车站的问题,然后又开始问他怎么来的德国。儿子终于脱身回来的时候告诉我说,讲中国话都有点不习惯了。他的意思是和家人之外的社会人不用德语、英语而使用汉语,已经有了陌生感了。这样的话是很容易让人产生误解的,不过作为一个孩子来说,这也是他自己的真实感受。在语言转换期间,对于自己母语的陌生化的间离状态,是外语学习的一个重要阶段。

海德堡很美,而且美得有自己的特点,但是还称不上是世界上最美的城市。这是一个朋友的话,他没有在德国转过多少城市,更别说世界范围内了。乍然看见海德堡自然就得出了这样的结论,是有情可原的。人们对出现在眼前的美景总是不惜用最好的词句来赞颂。海德堡的规模还是太小了一点,主要可看的就在城堡和大桥那么一块。住上几天,慢慢地转一转,或者还是不错的。欧洲城市都是这样，需要体会，走马观花是不能觉悟其真谛的。可是又有几个人能什么地方都住上几日呢？

就城市本身来说，即使是德国这样非常重视人居环境的国家，城市本身也都是大同小异的。一个或几个教堂，一个或几个广场，一条河，一座桥，然后就是窄小的街道和不尽的车流了。城市是用来生活的，不是供人猎奇的。而真正的风景从来就不在人口密集的城市里，或者说人口密集的城市里的风景不过尔尔。这在自己骑车沿着莱茵河并非什么城市也并非什么旅游区的地方走过几次以后，就更得到了证明。其实我们完全没有必要一个一个城市地去旅行，只要按照自己的意志，在大自然里徜徉也就够了。

火车离开海德堡，20分钟以后就到了曼海姆。尤莉娅在大门外等着呢！我们一起很高兴地走到了火车站广场上。

广场上正有几个警察检查两个意大利人，其中一个跑过来问：意大利？尤利娅予以否定回答以后，他马上又跑去问别人了。好像想用别的意大利人来证明自己的什么。尤利娅已经走过去了，又走回去，对那警察说前面不远的地方就有一个意大利人开的咖啡馆。那警察很客气地敷衍着这善良的女人，并没有按照她的指点去找什么意大利咖啡馆。欧洲之内的语言互通问题，实际上始终也还都是个问题。

我们一起沿着很有点像中国的大街走到了中心广场上，两棵大玉兰树正在盛开。我和儿子坐在树下的草地上。因为尤利娅有腰疼的毛病，所以她和小红选择了不远处的长椅。周围都是休闲的人们，在广场上或行或坐，喷泉时高时低地跳着舞。儿子马上就说起了保定的广场,广场上的喷泉。这种对比和回忆是自动的,不由自主的。

几对土耳其人在拍结婚照,周围的人都盯着看,尤其是女孩子们脸上都挂着笑意看。看见别人结婚,总是一件很审美的事情吧,当然其中还一定是有结婚的场景并不是那么容易碰到的因素。不像中国,只要是个好一点儿的吉利日子,就会有很多人结婚,大家习以为常,见怪不怪,更别说有什么观看的专注于羡慕或者审美的表情了。

不过,这也和人种之间的区别有关。亚洲人确实给人的感觉就是缺少表情,而欧洲人确实又给人表情特别丰富的感觉。第一对来到树下照相的时候我主动问是不是需要离开,人家赶紧客气地回答不用,新郎马上竖了一下大拇指表示感谢。可是第二对来的时候,就表现出了一定程度的粗暴,摄影的一挥手,面无表情地让人们走开,不仅让树下的走开,还让背景里奔跑的人都走开。一个小个子的男人和我对视了一下,耸耸肩,表示了自己的轻蔑以后,走了。

时间很快就到了五点,还有半个小时就开车了,于是开始返回火车站。在没有给礼物之前尤利娅就提出请喝咖啡,这时候给了礼物就又提出来。我们说时间不够了。她的眼睛里居然有了泪,过意不去。因为正在搬家,新旧两边都不能住,所以不能请我们去做客。

在火车站里,她领着儿子跑到了书店里,一定要给买一套昂贵的《哈利·波特》。妻子后来就干脆跟她说了,说儿子其实就是想吃薯条。于是又跑到了麦当劳。这回儿子高兴了。在门口作了别,几次回头,几次挥手。感情这东西,当它非常真挚的时候,各个国家的人们其实区别是不大的。

妻子认识尤利娅是有点传奇色彩的。那还得从2000年她第一次在德国的时候在旧货市场上买自行车说起。买了自行车以后还得给自行车买一把锁,这时候刚才搭过话的一个土耳其人就帮助挑,挑好了还给付了款,一个马克。说什么也不要钱,就留了电话,说以后再联系。再联系的时候就是他们夫妇请妻子喝咖啡。友谊就这样建立起来了。在德国,这种仅仅是一面之交就可以建立起友谊的情况,当然是有对于外国人的兴趣,也有一见之下的好感。德国人不掩饰自己的好感,并且敢于表达。建立起互相联系的友谊,在以后的生命历程中互通消息,是为人生路上的一种遇见。

回程的火车很快就进入了夜色之中,大家奔走了一天,都很累了,迷迷糊糊地睡着觉。倒了几次车,车上的人时而多时而少,遇到一个大站人就几乎能下空了,让人怀疑是不是火车出了什么问题让大家全体下车?直到看见不远的地方也还是有人依旧坐着的,才算放心。

在某一段行程中,有几个学生逃票。他们和检票员玩着猫捉老鼠的游戏,快速地从车厢里跑过去,又飞快地跑回来;一旦被身体胖大的售票员堵住了,也并不过分争辩,他们其实也是知耻的。而那售票员不多说什么,更没有什么羞辱性的话。这样的逃票被逮住,一般的罚款额是40欧元。

火车上碰见一个举止非常随便的流浪汉样子的人。他过来的时候我里面的座位正好空着,因为儿子跑到别处去了一下。他就指着那个地方说是不是没有人,没有人他就进来坐了。我指了指儿子说,他在这里坐。他就退了后。

他回头看见另一边有一个胖胖的女人单独占着一个双人座,马上就过去坐了下来。那胖女人很不自在地扭了扭如山的屁股。那流浪汉对此视而不见,而是冲着我们问,东京来的?儿子回答:"中国。"

他点了点头,说我不知道。过了一下又说自己是瑞士人。然后掏出烟来说,这里是不抽烟车厢?我们说对的。他说我无所谓,说着就点火。旁边的胖女人和胖女人对面的两个虽然也胖但是没有胖女人胖的女人异口同声地说:"我们有所谓。"

他只好把烟又插回了烟盒里,然后举着打火机点着灭掉、点着又灭掉地折腾了好几下,冲着我们做了个鬼脸,唱起了歌。唱完了,指了指自己那件很像中国的迷彩服的上衣在胳膊肘的位置上的口子,说是在什么地方挂了一下破了,不过也无所谓,人就是应该按照朴实的本性生活的啊。

这时候一个非裔走了过去,他招呼那非裔,那非裔冲着他喊,你应该去伊拉克!显然两个人是认识的。在德国、瑞士这样的人文环境里,这样一个流浪汉,也算是一种个人自由的可见标本了。

漫长的回程之中这是些能让人精神一下的兴奋剂,然后一切就又都归于了平静,又昏昏然了。儿子睡着以后突然被叫醒下去倒车,把自己的帽子丢了。这很遗憾,那个帽子非常适合他戴。已经戴了好几年了,戴着它去过很多地方,已经成了儿子的一种形象标志。当一件非常顺手的东西突然离开了你,再也找不回来的时候，我们才意识到它其实在你的日常生活里的几乎是不可或缺的重要性。

从巴塞尔倒最后一次车以后，外面下起了雨。

妻子在车上认识的一个上了年纪的女士和我们坐在一起，说着话。她原来住在柏林，老头去世以后，因为女儿在巴塞尔工作而住到了巴特塞京根。她说她的孙子也在我们儿子所在的学校上学。她这么说，说明这里可能还有他的儿子，不过她说夜里回家有点害怕。为什么他儿子不来接他呢？我们说好，如果门口没有了出租车我们就去送她。她认为巴特塞京根是没有办法跟柏林比的。

夜雨里下了车，站台上居然还有很多上车的人。有出租车。她带着些感激的成分和我们道了再见以后，直奔出租车而去。

在一个充分发达的社会，生活的格式多种多样。人在这样的各个不同的格式里，所显示出来的多样性丰富性，是社会自由与社会限制双重作用下的生态。这也就是为什么海德堡之行的印象过去了这么多年，这些零碎的片段，也依然还在记忆中。

斯特拉斯堡之行

今天中午破例睡了午觉，这几天确实太累了，玩得太累了。浑身疲劳地睡觉是很幸福的事情，和头一天那种因为第二天一早有事，晚上醒转好几次的不安，是完全相反的两种感受。

这是来德国以后截至现在最充实的三天。只三天紧张的外出活动实际上就已经接近了人的感觉极限，如果没有时间慢慢地记述下来的话,不仅仅是感觉迟钝了,也就同时丧失了旅行的一大块意义。

就是说,必须有反刍的时间。这也就更加坚定了我不跟团旅行的决心。如果跟随那些价格不菲的旅行团去旅游的话,半个月游遍欧洲,大约是人民币万元左右。到哪里都是蜻蜓点水到此一游,不说是强迫购物,也必须进很多很多商店。关键的一点是,时间长了以后,你想停住脚步,回味一下,那是不可能的。所以小红说了几次我都没有同意,决定不参加旅行团。

昨天(3月16日)去的斯特拉斯堡,是德法边界上的一个号称小巴黎的城市。小红原来去过,这次属于领着我们俩旧地重游,但是记忆都已经模糊了,加上她一向也是一个不记东南西北的人,所以其实并不能在地理上领导一家三口,只能是就一些记忆中的观感线索来引导我们了。

头一天夜里在网上查找车次,一趟一趟地分析,将去与回的时间和车次、站台号和换车间隔都挑选好,这是一件不很容易的事情。因为我们准备买周末票,就是28块钱管一天,不管去哪儿,这张票允许五个人在一天之内在德国的火车上随便走。但是有一点,必须是德国的火车。而斯城在法国,去那里还有很多别的选择,比如先到瑞士再进入法国,那样的话就必须再按照瑞士和法国的规矩买票了。那样算下来,票价就是一个天价。算成人民币我们一家三口就需要几千块钱。这就是德国行事的规矩,就是任何事情事先都要按照社会提供的各种秩序化的条件制定自己的计划,切实可行了再去执行。

所以德国人的旅行都是有好几天的提前量的,说去哪里提起包来就走的事情虽然不能说绝对没有，但是对于传统的德国人来说近乎绝无仅有。而德国社会确实也为这种行为方式提供了尽可能详细的社会秩序系统，两方面互相助长，相得益彰。

作为外国人，最初进入这种系统中的时候肯定是不大适应的，但是如果你不按照这种规矩行事的话，就会遇到大量的麻烦，甚至是不可逾越的障碍。比如这坐火车，每辆车上都没有广播和服务员，不报站，到了周末的时候连卖票的都休息了，要自己在自动售票机上买，自己在自动检票机上剪，自己在应该下车的地方下车，在应该换车的站台上换车。如果没有事前的准备，就真像坠入了云里雾里。

虽然我们在网上已经把这个工作做了，但是在第二天早晨买票的时候还是出了问题。按照德国人的方式一定要提前几天把票先买了，买了拿到手里，再加上旅行计划，这就是旅行的基本保障了。可是我们因为住在火车站边上，加上前两天都回来的比较晚，关键是思想上没有太当回事，所以就等到了上车前才来办这件事。

我催促小红先去买票，自己再弄着不愿意起床的天明随后跟过去，但是天明起来了，先跟着她走了。我在后面收拾了几分钟，赶过去的时候距离开车还有十几分钟，看见他们俩正站在自动售票机前着急呢：用卡买票，但是机器把卡吃进去以后拒绝工作，而卡又拿不出来。时间是周日的早晨六点四十左右，大街小巷一片安静，站台上一个人也没有，火车站里更没有任何工作人员。这怎么办？

反复地按着屏幕上显示出来的选项，但是电脑就是拒绝工作，拒绝把卡吐出来。这张卡是小红的现金卡，虽然别人没有密码拿了也没有什么用，但是还得去银行办理各种手续，平添很多麻烦不说，关键是现在买不了票，一天的计划就泡汤了。

这时候站台上来了一个胖胖的女人，一个围着头巾的矮胖的女人，穿着米黄色的拖到脚面的大衣。这身衣服说明她是土耳其人。判断土耳其人的标准其实不仅是衣服，还是面容，他们的鼻子也很大，但是脸上和眼睛上的特征还是最主要的：眼睛是黑色的，眉毛是黑色的，胡子是黑色的，连眼圈也是黑色的，这么说其实还是没有用语言准确地讲述出来，这种特征似乎是一种感觉，这种感觉介于欧亚之间。

一般来说他们所从事的都是底层的工作，文化不高，沟通似乎也不易，但是在这种紧急的情况下，也只好去问问吧。那女人马上就随着小红走了过来，在屏幕上选择了土耳其语，但是显然也无能为力。这时候她等的车来了，她耸了耸肩，走了。

我们的车还有几分钟也就来了，小红赶紧到另一边的货币自动售票机上买了票，准备万一拿不出来就不拿了，就先坐车走了。就在这个时候，她突然灵机一动，赶紧拿书包，从里面拿出小包，从小包里拿出一个小小的黑色的皮套，里面是一把小小的红皮瑞士军刀，军刀的背上有一个小孔，小孔里塞着一把小小的镊子！

小红做这一连串的动作的时候，手都有点抖了，因为这个突然来到的想法，因为任何迟疑都可能造成来不及拿就得去坐车的急迫。她把一件一件的东西都塞到了我的手里，自己手里只拿着那把小镊子，细致地做着一次又一次的尝试。

终于，在把镊子的绝大部分都硬塞进去以后，那张卡被紧紧地夹住了！用足力量，一使劲儿，出来了！

连着带出来的还有一张纸片，就是这张纸片使机器拒绝工作的。那是一个废纸片，是有人恶意地放进去的。火车这时候来了，进站和开车之间的时间不超过一分钟。我们在座位上刚刚坐定，车就跑起来了。一家人都长长地舒了一口气，享受起紧张以后得来不易的轻松。

倒了一次车以后，火车进入了德国的黑森林腹地。车在林子和山洞里穿行，清凉的河水不离左右。这里应该是多瑙河的上游了。河边的谷地和山坡上是一座座别墅式的民居，小公路将这里和那里用一种带子一样的起伏的线联络起来。小小的山顶上一座一座的城堡，就像中国的古长城一样用自己的破败了的雄伟显示着历史的丰富和人力的巨大。古老的沧桑和活生生的呼吸使你有一种幸福的惊讶，这如诗如画的环境使人感觉即使这次旅行仅此而已，没有什么目的地而就是坐在火车上跑上这么一圈儿，也已经是完全物有所值了。

在离开德国前，倒车有半个小时的时间，到KEHL市中心转了转。市中心也是以教堂为中心的一个广场，有一个蚊子造型的滑梯，就是把蚊子的身体结构放大以后做成的滑梯；滑梯后面一排大树上已经开始有了灿烂的花骨朵。在这早春时节里的陌生城市，因为是周末的原因，是一片无人的寂静。不知道为什么这个场景给我留下了很深的印象，及至自己也没有想到，四年以后当自己有机会骑车沿着莱茵河骑行走到这里的时候，正是对于这个场景的记忆，让自己感叹不已。当然，那已经是后话。

重新坐上火车，十分钟就到了一河之隔的斯特拉斯堡。天明一上车就去了厕所,等车停住了,才大号结束开门出来。

这大约也是路途最短暂的火车旅程了。其实这是一个城市,城区是连在一起的,只是因为分属两个国家,两个国家各自都有自己的火车站,各自都对这城市命名,所以才出现这样的情况。

斯城的火车站显然是一个大站,尽管依然是可以随便出入,但是站台很多,人也很多,警察荷枪实弹地带着大狗来回溜达,让人感觉这里的治安情况似乎比德国严峻多了。

小红率领着我俩到了问事处,一个高大的法国男人不厌其烦地讲解着这座城市都有哪些可玩的地方,——在地图上指指点点地回答小红问的什么什么在什么地方的问题,最后给了两张图,然后就又为别人服务去了。他讲的是法国味的德语。

一出站,站在那很有中国的火车站广场味道的大广场上,感到了一种完全和德国不一样的社会气氛。虽然我们对随意甚至无序都早有见识,但是毕竟是在德国生活了这么长时间了,猛地又看见过去所熟悉现在有些陌生了的状态的时候,还是有一点儿不适应的。

一个蓬头垢面的流浪汉以垂头丧气的姿势坐在窗台上,姿态颓唐又潇洒;天明说以前在德国的火车上见过这个人。带着孩子的土耳其胖女人领着小孩瘫了似的坐在地上,脚前头放着一个纸杯,纸杯里像引子一样放着几枚硬币;而那个小孩正背过身去冲着墙壁撒尿。

一群拎着录音机大声地放着摇滚乐的年轻人,横着膀子走着,从这女人和小孩的身边呼啸而过。锁在栏杆上的自行车很多都被踹扁了轱辘,有的干脆被摘掉了轱辘。红绿灯管不了行人,自言自语的、表情迟钝的、颐指气使的、粗暴浅陋的，形形色色的人们仿佛一下就都从地面之下蹦了出来。

法国是混乱的，也是活跃的，没有了德国的秩序，却也多了几分德国同样没有的活力。

我们按照模糊旅游法走着，就是凭着感觉，向着随便一个方向步行，只是记着回来的路，能在回程的时候顺利地返回来的游览方式；按照这种方式，在过了河前进到了第一个广场上小坐的时候，我们目睹了一个法国父亲殴打自己的一个女儿和儿子的场面。这是我到达欧洲以后第一次目睹暴力场面，虽然来了只有两个月，但是好像已经彻底遗忘了这种人类原始行为的模样。

他一脚把女儿像踢一块布一样踢到了空中，那大约八九岁的女孩连续几个滚翻以后才落了地，而儿子的待遇要高一些，不是脚，是手：他蛮横的手掌重重地抽打到男孩脑袋上和脸上的声音很响亮，每一下那男孩都是一个趔趄。

这个男人在法国浪漫的盛名之下的肮脏的暴虐，尽显无遗。

另一个场面是一个满脸通红的小个子和一个似乎是他的家里人或者他的朋友的大个子之间的拉拉扯扯。这小个子显然是个酒鬼甚至有点智障，而那大个子基本上可以认定为正常人。两个人之间上演的不知道是劝阻什么或者挽回什么的闹剧，一会儿走过去一会儿走过来，嘴里的呼喊和动作的摇摆吸引了不少人的目光，甚至比广场中心那个长满了青色的铜迹、落满了白色的鸟粪的古代英雄的雕像，还要夺人眼目。

这就是斯城给我们的第一印象，这就是大名鼎鼎的法国给我的第一印象。作为一个有着多年关注法国文化经历的人，面对眼前活生生的法国的时候，感觉到的居然是不大适应。不是从低处突然到了高处的不适应，而是从高处到了低处的不适应。

从德国到别的地方去，你的感觉大约都脱不了下降的无秩序感，即使是法国也不例外。这不单纯是个管理问题，更主要的是民族性的问题。

德国的优越感，看来还是有其至少在观感上的基础的。各个民族的人都有权生活在这个星球上，但是如何使自己的生存更美好一些，对比不失为一种激励机制。秩序是人定的，遵守或不遵守秩序的主体也是人，这制定和遵守的自觉性决定着一群人、一个民族的人的文明水准。

这样的法国，多少让人有些扫兴；不过建筑还是很有味道的。广场很大，房屋很高，街道却特别狭窄，而且是一个广场上通向四面八方无数条街道；你在广场上只要开始的时候错了一米，就会走向一个完全不同的方向。

那种狭长的小街道尽管就在光天化日之下，但是因为狭窄和幽长而具有了黑夜的色彩。很多不那么见得了阳光的事情，似乎就可以发生在这市中心的地方。天明的一泡尿就解决在了一条胡同深处的一个垃圾筒边上，他先跑到那个口上看了看，没有人，再回来，站在紧挨着筒的地方，解裤子。我站在他身后装作打开包拿什么的样子等着他，因为这时候后面走过来几个女人。

天明这是憋坏了，否则无论如何他也不会这样的。不过是不是因为这不是在德国而是在法国就不得而知了。这个旅游城市也是一个没有厕所的城市，在一个著名的桥坝里有厕所，但是只有女厕所开门，男厕所不开门。我只好站在外面，选了一个对迎面走来的人来说是逆光的藤本植物边缘地带,装着聚精会神地欣赏着下面的水色与古堡倒影的样子解决了问题。除了天明事先知道以外,别的任何人都没有发现。来了法国我们不约而同地做了一些和"浪漫"多少沾了点边的事情。

当然,最浪漫的还是全家在这水城里的漫步。虽然说一大帮一大帮急匆匆的旅行团不少,但是漫步的人也很多,而能全家漫步的却不多。作为亚洲人而全家漫步的就我们看到的来说,那就是我们一家了。

亚洲人在欧洲是弱势的,一般来说他们不是打工者就是学生,很少有人能把孩子带出来的。这样带着孩子转的,不是有钱的,就是有身份。我们其实这两条都不沾边,但是又确确实实是带着孩子的。每当我们意识到自己是带着孩子一家人在这欧洲的土地上漫步的时候,就会涌起一股很珍惜的情绪,就会为这难得的一个时刻而情不自禁地赞叹上一番。

斯城分很多圈水道,最里面的这一圈水围着的就是老城区,大约有十几平方公里左右;老城区里有一个中心,就是144米高的大教堂。

在楼房普遍的高度都在20米以下的城市里,城中心的这座宗教建筑的雄伟和壮观是超出了人们单从数字上得来的想象的。这座巧克力颜色的大教堂,所有的墙壁都有着精细的雕刻;人类对宗教的虔诚使这种特殊建筑在美观的营造上不遗余力。经济上不计成本,完全以精神的需要来做物质的事情,其结果就是这种前无古人后无来者的独一无二的永恒的艺术品。

教堂广场在周围的建筑包围之下显得很狭小,不过也还是坐满了人，不是坐在地下，而是坐在圆桌旁边的椅子里。法国人是随意，但是和席地而坐那样的随便还是有点区别的。即使是没有花钱坐到座位上的人，也没有蹲着的，大家都挺着腰杆保持着尊严，站定在那里举头向上，对那高高的塔顶做不懈的仰望。

小红说她上次来的时候就是在这里给天明买了一个木偶，于是便领着天明去旧地重游去了。我一个人就这样站定在广场上的一个角落里，不过基本上不仰视，只是平视；平视着形形色色的游人。

各种肤色各种打扮的人旋涡一样在广场上毫无规律地盘旋着，虽然说美丑妍媸各有其态，但是总体来说，在这人种大展览的场合里，对比之中，亚洲人在身体上的弱小，就都被放大了；如果在精神上再不要强的话，便真是弱小了。

这有点偏激的自惭形秽的想法在一瞬间里形成的冲击力是很大的，我相信这种感觉不是我一个亚洲人才有，而是绝大多数人都有的。但是，大家在事后从来不做表述，仿佛不存在一样。

抛开内容，仅就这种对比感而言，这就是旅行，就是异地生活的结果，或者对于人的精神上的自强不息会有所帮助吧。

沿着河的环形行走使我们发现了河边上很多很美妙的景致，流水、天鹅、野鸭，这些已经是欧洲习以为常的东西了；现在又有了鹅黄的柳枝、刚刚盛开的迎春花、含苞欲放的玉兰，还有一种近似于中国的桃花的，在早春的寒凉里就已经盛开了的十分鲜艳的花。虽然不像中国的北方于彻底的肃杀里见到春天那般让人惊喜，但是也依然有觅得春色的喜不自禁。

在一个广场上，一片大大的玉兰树下，孩子们在奔跑叫喊，大人们横躺竖卧地在雕像或者草地上看书。周围的建筑都雕刻着繁复的花朵和人像，立柱和圆顶的建筑细部，以及正对着宽敞的大街等特征显示，这里应该是市政府。一只在巴特塞京根的家中偶然见过的飞翔着的天鹅，正从花园的上空飞过，又是天明眼尖第一个发现。之所以能很明确地判断那是一只天鹅，是因为它特有的飞行姿态，脖子很长双腿后收，在两扇翅膀之间形成了一条很长很长的线，这条线使它的飞行姿势非常纤巧。

我们吃了点儿自己带着的东西，然后继续前进。在一个街心公园里发现了一个青铜的人像，全身像，端端正正地写着他的名字：歌德。这很让人疑惑，印象中德法之间的历史矛盾很深，这座显然历史悠久的德国名人的塑像缘何会在法国的土地上一直竖立着呢？后来知道歌德年轻的时候曾经在这里上过学。这座德法多次易手的城市，混合了太多两国文化的特征，是怎么也难以完全分开的。

在又经过了刚才由火车站进入老城区的路口以后，发现了这座城市除了大教堂以外另外一个很壮观的景致：一座桥坝把从外面引入的一条河分出五个分支来，三个起分水作用的"宝瓶口"上都建有一座高大的古堡。水道很多，两岸建筑鳞次栉比，形成了一种据小红说与威尼斯如出一辙的景观。

而这种景观在我和天明看来，则很像我们一起去过的周庄。至此，我们的旅行达到了最高潮。水在人身边，桥在人脚下，船在人眼前，大家伸着腿坐在圆桌边上，观赏着流水和行船，观赏着别的观赏者。阳光融融，笑语殷殷，这似乎是旅游者们自觉配合着环境营造出来的表情。西方人习惯于把这种在风景区里围桌而坐的休闲，作为一种标准的度假方式；我们几乎可以在任何一个西方景点发现这种景观。这让人想起了中国农家小院里的黄昏，那种合家在饭后闲散地坐在桌子边上的情景。安静的享受里，人生的一切都可以从容地反思或者前瞻，是人类生活的一个幸福的间断。可惜的是，我们的城市这种户外享受的环境并不多有。

脚步慢了又慢，停了又停，真是愿意留住这样的每一分钟。水闸把游船关在一个小小的坝里，然后提升水位，提升到了和外面的河面一般高的时候再开闸放船，而下面的一座桥已经由一个穿着带反光条的上衣的管理人员，拴上链子断了交。人们齐齐地站在桥头，看着电动机把桥面向着岸边缓慢地扭转过去，给要过来的船让出顶部的空间。

这例行的放船的程序成了一种观赏的仪式，吸引了所有的游人的带着兴味盎然的味道的目光。似乎大家看见了这种机械设置就非常心满意足了，就很对得起旅途的劳顿和不菲的旅费了。

分别由小红和我请人来给我们合影以后，我们把又一次的任务交给了天明。天明很不情愿，总是有点抹不开面子；最后在我们的一再鼓励下，他才走过去，对一个男青年说："Can you take a photo for us？"

结果自然是人家欣然应允了。天明也获得了一种成功感。不过比较而言，我们俩显然还是不如小红更愿意和别人打招呼。即使是游玩时候的表情和状态实际上也是需要一定的修养和经验的，特别是在这种国际旅游场所，它像一个没有观众却又人人是观众的舞台。大家穿行其间，在特定的环境里互相审视，将印象带向世界的四面八方。不小心的话，就又形成几乎可以说是很可能是有偏见的概念。

在转了一个圈以后又回到了大教堂附近，在另一个街口上看见过的一伙演奏者搬到了大教堂广场上。他们都戴着棒球帽，穿着黑色的皮夹克，演奏的都是打击乐。不乞讨，只为了赢得看客们的掌声。在这样大庭广众之下的演出满足了他们的荣誉感，而那些对于街头演出者从来都不苛刻的掌声，也足可以让他们想象自己是站在成功的舞台上了。这里看客基本上都是游客，也有些本地居民，只是数量很少。

一些黑人胳膊上挂着一大串手表在人群里穿来穿去，他们比想象的要文明，没有见过他们主动询问别人要不要，而是就那么挂着走，走过去又走回来，当然也一直没有看见有人买他们挂着的玩意儿。

小红和天明盯着一台赌博机看入了迷，我在边上靠着一个窗子待了会儿。等意识到时间以后，便赶紧招呼他们向回走；到了火车站，车已经在站台上了，小红的低烧又开始了，赶紧穿上了我的棉袄。

在欧芬堡（OFFENBURG）倒车，他们俩在候车室里坐着，我一个人利用这四十分钟的时间到市区去转了转。没有什么特别之处，很普通的一个德国城市。但是在一个小小的街心公园附近却遇到了这样一件事：我已经走过去七八步了，突然听见后面一声恶作剧式的怪叫，一回头，看见一个约莫十来岁的胖小子正对着我的方向做明显带有攻击意味的动作。

夜幕初合，这个场面使我一惊，尽管没有理他，继续走我的路。但是这件事对我内心的震动，还是不小的。孩子的行为都是父母和周围的成人世界的情绪的一种潜意识反应，对外国人做这种动作的意思是很明确的，好奇之外那就是排斥，就是最直观的种族歧视。

在德国成人非常礼貌的面孔背后的潜意识难道就是这孩子赤裸裸的行为？虽然不能说完全是，但是至少可能是。这就是作为外国人在别国生活的最大的威胁。遇到这样的事情以后就没有了什么转的心情，很快就回到了候车室。等着站台上的车来了，就赶紧给小红又穿上了我的棉袄。她瑟缩着，我们一家三口一起向站台走去。上车的时候小红突然对这车产生了怀疑，下车想去找人问，当然，想找一个车站上的人是很不容易的。我和天明就站在车门口，她拿着我们从网上查到的表，穿着我的棉袄跑到站台上去找人。这时候一个中年人对我说了一句德语，我一愣，他又说了一遍，赶紧叫小红过来，原来人家是问有需要帮忙的吗？

他在解释了我们的疑问，确定这车不是法国的，也不是瑞士的，而是德国的以后，和我们一起上了车。我们道谢，他也并没有什么特别的表示，甚至没有什么表情。在一个小时后他下车前又走过来说了几句，就是你们再坐多长多长时间就可以下车了，并祝旅途愉快。脸上也依然是没有什么表情的。

这是德国人之一种，帮助人是真诚的，但是也完全是科学对待，好像并不投入什么感情色彩。不过我们还是很感谢他，在人生地不熟语言不大通的情况下，这样一个主动助人的人的表情生动与否是不会有人苛求的。

不过我们后来的旅途并不顺利，车停在站台上不动了。整整晚点半个小时！这一晚不要紧，下一站，在瑞士的巴塞尔应该倒的那趟车就赶不上了。这怎么办？广播里说可以去服务台找人开条子，拿着条子去找出租车就行了。天明已经睡熟了。我们努力把他叫醒，以免一会儿突然到了外面受寒。下了车向着服务台快快地走。

在服务台前排队，终于轮到小红陈述的时候，一个德国的或者是瑞士的小伙子在旁边帮腔，说他也是我们的方向。这样服务台没有看我们的票就给开了条子，到门外上了一辆出租车。那小伙子这时候才说他只是搭一截路的车，不绕远，要不还得坐公共汽车去。

夜色之中，奔驰车急急地在并不宽敞的马上路行驶了半个小时，38公里后我们到了家，一看车上的表居然花了110欧元还多，也就是小一千块人民币。当然，这钱是由火车站出，因为他们晚了点。而我们这一天的旅行的总车费不过是28欧元（人民币270元）。后来知道，就在我们出站的同时就有一趟来巴特塞京根的列车，再过五十分钟还有一趟，但是德国铁路规定就是晚点以后火车站有责任给顾客打出租车。

这算是意外中的意外吧，意外地晚了点，又意外地有了一段乘坐奔驰出租车从瑞士开往德国的经历。

在结束了整个行程之后的几天里，关于这次行程之中的一些事情还时不时地在头脑里出现。其中有一个女人的面貌很是特别，那是从斯特拉斯堡往回走的车上，斜对面的椅子上坐着的一对中年夫妇；女人坐在靠着走廊的地方，男人坐在靠里的地方，他们的对面坐着的他们的朋友，也是一对夫妇。

从一上车他们就一直在不停地谈笑，那个斜对着我的女人紧紧地靠在自己的男人肩膀上,每隔一会就会笑出声儿来。你循着声音望过去的时候,就会正好看见她涩红的脸上洋溢着的那种不加掩饰的嗔与娇。男人的手掴在她的屁股上,每当她这样笑起来的时候,那手就会有力地往下按,而越按她笑得就越起劲儿。

这样的女人在德国是绝对少见的。德国女人也并不避讳自己的爱情举动,但是一般仅限于当众拥抱和接吻,这种情状比较少见。这一定就是法国女人的做派了,当然这是以我从作品中获取的印象来猜度的答案。

火车在夜色之中行驶到了中间的一个什么小站,两对男女就都下了车。这实际上只是旅途之中所遇到的无数个旅伴中的一组,但是不知道为什么却给我留下了这么深的印象。是她的笑,是她的媚,是她的笑和她的媚在德国人之中所显示出来的异样?

旅途之中很多这样的印象实际上只存在那么一小会儿,尽管当时你在车上反反复复看见的都是她,但是也只能持续那么一小会儿,随着她或者你离开车厢,你的记忆就会很快地把她遗忘。这就是人生的旅途,这就是我们人类在经历与记忆之中的选择。

斯图加特

斯图加特是一座山城,一座起伏于丘陵之间的城;很多房子都是依着山势建的,建筑基本上都是两三层的德国传统建筑,红顶上有天窗,是阁楼的斜顶房间的窗户。

一座小楼是一家,一家人住一座小楼,或者几家人住一座小楼，很少有我们已经习以为常了的高大的火柴盒式的楼宇。火车站很大，但却是一座仿佛旧式的灰色建筑。四通八达的门开向每一个方向，和我们那种门禁严格而窄小，检查频繁而警惕的阵仗迥然不同。在所有涉及人的建筑上，在所有涉及普通人的建筑上，都尽量满足普通人方便实用的要求，这是德国长期作为一个人口相对较少的发达国家的一个特点。

那种不让火车一穿而过的码头式车站传统，在斯图加特也很显著；就是所有的火车都开进来，平面地停到火车站里面一个总的平台上。从一站台到十几站台，你只要在平面上一直走就可以自由选择了，就像在一架书前选择哪一本书那么方便。至于将来去各个方向的火车怎么分开，那是铁轨分道岔的事情，旅客不必拖着行李楼上楼下地走。

鸽子就在火车站的地面上走着，它们是这里面自然的气息，和人相处已经完全没有陌生或者恐惧了，大家对它们也都习以为常，相安无事。儿子在一个中间的倒车小站的站牌顶上，发现一只大鸟居然正在那里坐窝！

在斯图加特火车站外面，终于有了一点儿而大城市的迹象。远远地望过去，看见对面一条步行街上仿佛是人山人海，像中国。这可太让人惊讶了，不过即使是像又怎么样，终究不是。已经离开了一个多月了，一个多月已经足够让人觉着有些遥远与异样了。中国的景观和中国的人，那样的情景，既亲切又仿佛有了一点儿陌生。

从斯图加特国际机场开始，就经常可以看见中国人了。德国的地铁都是自助服务，大家都是自觉地在站台上的自动售票机上买票，在自动检票机上检票。在这样默默无声的程序里，人们都按照规则自动地前行着，少有互动，也不需要互动。在地铁里，坐在对面的亚洲人，尽管没有说话，却感觉很可能就是中国人。亚洲人大多数身高都要矮一些，脸上往往还会有一种疲惫的意思。在国际化的环境里，这样的"疲惫"很容易被理解成身体不够强壮。车站上、机场里，已经到处都是中国人，到处都可以听见中国人说出来的久违的中国话。外人的中国话，而不是自己家里的人，那种已经不知道分辨判断它是中国话的话。

看见一大片中国人，说说笑笑地走着，感觉有点想笑。这种感觉主要是因为在国外已经一个月了，已经很久不见一大帮中国人一起走的景象了，这种景象几乎是中国人的标志，而且已经由不习惯看见外国人到习惯看见外国人，再到看见中国人不习惯的程度了。这是被抽离开自己的族群的一种症状，它细微而明确，怪异而苦涩。

送妻子进了飞机安检的门禁，又张望了一会儿。我们父子俩坐上S-BAHN来到斯图加特火车站。下车以后去解手，小孩不要钱，大人要五毛钱。钱虽不多，但是一旦换算成人民币，也就显得价格不菲了；因为毕竟只是上一下厕所而已。

出了车站，问儿子向哪边走。儿子说左，好吧，左。这是我们俩出去玩的时候习惯于做的一种游戏，就是不知道向哪边走的时候，就由儿子来定下一步往哪边走。当然是玩的时候，是不管冲哪一个方向走都无所谓的时候。向左，刚一转过弯去，就看见了指示席勒广场的牌子，父子两人一起欣慰地笑了。

席勒广场确如前夜在电脑上查到的资料所言,是一处条形的绵延数公里的园林,一直通到爱卡河。这个广场上的春天已经到来了,一切早春的迹象都显露了出来,草已经微微地绿了,大树边上的一些花儿嫩芽也露出了短短的一截儿。这些和中国的春天并没有两样。有两样的是池塘和水面里的野鸭和天鹅,这种生态环境里的春天是我们的环境里看不见的。

我们父子俩在刚开始进入广场的时候很悠闲,因为没有考虑时间的问题,一会儿这儿看看,一会儿那儿坐坐,真正像市民一样在这广场上转了起来。坐在一处长椅上,看着一个家庭里的几个德国孩子在前面玩耍,想:虽然有很多中国人,但是那都是青年人或者成年人,没有带孩子的。能把孩子带到这里来的毕竟还是少之又少啊。这还是让人多少有些自豪的,更提醒自己珍惜。我对儿子说,这种情景让我想起来咱们俩在国内的旅行来。他说是啊是啊,很像。历年来父子俩一起在春秋时节,去三山五岳的那种感觉,我以为已经离我而去了,没有想到不经意间又回来了,真是美妙。

水边上一个中年女人正在喂天鹅,我们走过去。她说了一句话,我说"only English"(只会讲英语)。她很费思量地组织着要说的话,意思是说不让喂,但是我偷着喂,所以就得时时注意周围是不是有管理者来。这时候,天鹅们都伸长了脖子够着撒在地上的面包渣,后面脖子短小的鸭子看了很着急,但是又没有什么别的办法,只好那么巴巴地看着。

继续向前走,穿着轮滑鞋的男女嗖嗖地从身边滑过;骑车的跑步的,都穿着专用的运动服装。高大的树木和别的地方的树一样显得保护得很好，树干比别的地方的更粗大一些。草地是可以踩踏的，特别标识出可以到上面躺卧的形象标志。一路走一路看，我和儿子几乎是目不暇接。在终于看见了爱卡河的时候，才意识到时间已经不多了。可就在这个时候又发现了好几处应该去的地方，有号称世界上最大的动物园的魏海尔玛"动植物园"，有古动物展览，有……我们加快了脚步，争取这些感兴趣的地方都能在外面近距离地望一望，而即使只是到外面望一望时间也是不够的。

在终于走到了那个动物园的门口的时候，距离开车就只剩下一个小时了。于是赶紧沿着草地中间的直线大踏步地向回走，越走越快，一会儿看看表，一会儿看看表；表针似乎是有了问题，隔一小会儿一看就又走了一大截。走得我们俩汗流浃背，走得儿子的脸红通通的。最后，他的肚子都疼了起来。不过我判断那是因为剧烈运动导致的不适，只要停下来就会缓解。但是时间实在太紧了，赶不上这趟车就没有我们的票能坐的车了。

我说只要按照现在的速度前进就没有一点问题，就看你的了。他始终坚持着，但是一直捂着肚子。我说那就慢一点，他反而坚持着说没事，干脆还走快，好像快一点也就不觉着疼了。

这样一直走了五十分钟左右，到了火车站。距离开车还有将近十五分钟呢！在接近火车站的时候，有一个小车，是卖冰激凌。去的时候就路过了，我说回来的时候再说吧。回来又看见了，儿子说冰激凌还在卖。我看了看，人走得很热，肚子甚至都疼了，再吃凉的，很不好。就说这样吧，你回家玩电脑，不限时。儿子也就答应了。

这件事情自己后来一直记着，一直觉着对不起孩子。也许之前之后都有过类似的情况，但是莫非是因为这次是在德国，是在斯图加特，在亦步亦趋一切都听我的，听了一道的情况下？反正念念不忘，而且是作为一个父亲的念念不忘。

坐在车上，儿子把外面的衣服都脱了，穿着里面的套头衫；脸红红的，就差没有流汗了。车上人很多，但是也还保持着熟人坐在一组对面的椅子里的状态。德国人是不习惯和陌生人面对面地坐着的，那样确实是不舒服的。

到了换车的京根，有将近一个半小时的时间，于是到市里转了转。这里比巴特塞京根大多了，光是步行街就有很多条，可惜哪一条都阒无人迹。父子俩一会儿互相靠着，一会儿分开，慢慢地走着，看着琳琅满目的橱窗，听着自己的脚步声走在古老的石头路面上发出的空谷足音一般的空洞回声。

国内很多北方城市向南方学习，搞夜市；而南方的夜市，据说是从外国学来的。殊不知，德国根本就没有什么夜市。其实这也是德国经济的一大苦恼，没有人气。在寂静的夜里走在陌生的国度，一个从来没有来过的城市，一条没有人的街道，很神奇。儿子也说："我有时候想起来现在自己是在德国上学，跟做梦似的。"

一个黑衣服的老太太突然凑过来，手里拿这一个小册子，嘟嘟囔囔地说了很多很多，几乎无法打断她滔滔不绝的话。儿子凑过来说，她是在布道，劝人入教。

终于等来了车，到巴特塞京根是晚上九点多一点。从外地归来，感觉这里不是德国的一个小镇，而就是自己的家。

站到了国外的回望

从德国回望到的香椿时节

在异国他乡,总是更多地关注时序。看看月份牌,知道又到了香椿时节。在中国的北方,在我的家乡,在暧昧的暖意逐渐演化成了这个季节里明确的温和以后;在大街小巷,在城市乡村,在田头院落里,就开始弥漫起那阵阵香椿的味道了。

小小的一捆儿,用细细的塑料绳拴了(传统的捆扎材料是用一条细而长的香椿茎),三四块钱一把,十块钱三把。黄昏的时候,下班的人推着自行车站在街边上,和推着后筐里满满的都是香椿的大自行车的汉子讨价还价。如果是一个农村女人,手里提着篮子,篮子上盖着一块土布的蓝头巾,这样的讨价还价就不会那么激烈,就会缓和一些,甚至就多少有了一些情感交流的色彩,或者说因为她衣着的关系人们会因此而判定她自产自销的性质,从而对她篮子里的小香椿多了几分信任。

香椿这种产自树枝上的嫩芽儿,似乎是最拒绝大规模生产的,只有一家一户的自摘自卖仿佛才是味道最纯正的。事实上也往往是这种打扮的人卖得最快,那些批发来了再卖的专业小贩,是卖不过她们的。

快快地卖吧,快快地卖完了可以快快回家。回家去照顾从田里回来的丈夫、从学校回来的孩子,第二天一大早再上树去摘了香椿来城里卖。她要赶在这香椿季里的半个月时间,多卖些钱出来呢。

渐渐的买和卖的都回了家以后,家家户户的窗口、门外就多多少少开始弥漫出了香椿特有的植物清香,它们和鸡蛋在一起在火苗上会合的时候暴发出来的让人心醉的丝丝缕缕,便是季节的味道。妻子们的丈夫、丈夫们的妻子和丈夫与妻子们的孩子会惊喜地叫道:啊,香椿,香椿下来了!

香椿时节正是踏青的好时候,乡下有亲戚朋友的会在这样的时候不失时机地去走一趟,开着汽车、摩托车或者就骑着自行车吧,一边玩着一边走,先看见远远近近的田野里的麦子的绿和油菜花的黄,然后就看见了那一个一个的小院刚刚被新叶染绿了的村庄。

爬到农家小院的树上去,亲手摘那嫩嫩的香椿叶。香椿叶在树上长着的时候只是嫩嫩的一个芽,毛茸茸的,像自然界很多初生的幼仔一样表面有一层淡白色的覆着物,手指掐上去就会往外溅出浓浓的味道;如果我们使用高速摄影设备就会把这摘和溅的过程细致地记录下来,明白何以摘香椿的时候甚至不比吃香椿的时候的感觉差。

香椿的叶的形状和结构还都很不明显,非常明显、非常成形的香椿叶实际上就已经失去了食用的价值,如果连梗也木质化了，那就更不能摘了，摘了也是浪费。

你站在梯子上，站在由梯子达到的房顶上，这样一边摘一边观察一边想象的时候，摘的速度就自然地慢了下来；你一慢下来，正在屋里屋外给你张罗着做饭的亲戚或者朋友就会认为你舍不得摘了，就会在树下喊，再多摘点、多摘点，回家速冻上，慢慢吃吧。

这时候，清明与谷雨之间的阳光正不急不缓地照耀着你和你的亲戚朋友，你们因为共同沐浴着这样一年四季里最为平稳的阳光而心气安宁、胸怀舒畅；他说的话和你的回答，让你们之间的气氛非常和谐，仿佛这是确认你们过去的与展望你们未来的友谊和亲情的一种仪式，一种春天的仪式。

尽管你知道，其实香椿这东西很挑啊，只有刚刚从树上摘下来的才好吃，冻起来固然可以满足长期的需要，但是再吃的时候已经索然无味；不仅仅是没有了多少香椿的味道，更缺少了春天里那种迷蒙沉醉的朦胧。就着春天的朦胧吃刚刚从亲戚朋友的树上摘下来的香椿，那才是物我合一的化境！

家乡给人留下的印象常常是一些并非行政区划意义上的味道和印象片段，是味道和印象片段联合起来构成的一种朦胧的气息。关于香椿，关于香椿时节，都是关于家乡的记忆；在又一个这样的季节里，在异国他乡将它们一一从记忆里翻拣出来的时候，我不知道我有没有也像老年人偶然翻出了什么旧物一样，让泪水悄悄地爬上自己的脸庞。我只知道在这个季节里，我会更多地在人家的春天里徜徉，希冀着自己也能发现人家土地上的别样的味道，尽管因为有了家乡的参照，我的希冀往往落空。

生命在过程中,幸福在回忆里。重新回到旧有的记忆里去的时候,物是人非之外,我们还能看到什么呢?那种落花时节又逢君的喜悦之所以是喜悦,大约就是超出了我们本来已经习惯了的菲薄的希冀吧。

幻想与真实:走出国门以后的比较

一家人走在莱茵河边,或者走在有缓坡、有不易察觉的拐弯儿的巴特塞京根的街道上的时候,回头看一看,看看兴致勃勃的儿子和依依荡荡的妻子,总有一种不大真实的感觉。

这是真的吗?那个关于自己和自己的家人在异国他乡走路的场面的预感,那个几乎是十几年前就开始有了而自己似乎从来没有为之做过任何努力的幻想,今天,现在,还包括可以预见的以后的很多很多天,都正在和继续明白无误地实现着?

那些外国小说的场景发生地,那些优美的环境描写的根据,一一展现在你眼前了;虽然并没有更多的意义,但是对于一个长期阅读这样的文本的人来说,想象和现实的对应出现本身,就足以令之晕眩了。

站到窗口,外面夜的广场上又有了雨的痕迹,那是昨夜例行的雨;看看儿子的房间,他还在酣睡;妻子的手机闹钟也响了,如果不想一想,你倒是很难判断这是在哪里了。除了空气在任何一个角落里都一如既往的清新和舒畅以外,别的东西,别的物象还真是使你难以判断呢!

一家人走在满是外国人的大街上,准确地说是自己一家人都作为外国人走在人家的土地上;一家人走在莱茵河边,走在有教堂和石头铺路的古老的欧洲小镇上。这一切,是怎么实现的呢?

这个疑问本身就充满了巨大的幸福,充满了梦想实现以后的卖乖一样的嗲味。但是一个人有了卖乖的心情和发嗲的兴致的时候,你能说他的幸福不真实吗?何况他好像并不是刻意为之,而是自然而然。

没有了国内的一切消息。报纸、广播、电视全没有了,互联网只是打开首页浏览一下要闻。中央十频道没有了,用汉语营造出来的一切都没有了,生活失去了固有的文化依据,进入了一种彻底的断绝状态;回忆与书写成了与汉语保持联系的唯"二"途径。38年人生须臾不曾离开过的状态现在已经远去了。六天了,如果不算来的那天,六天了。无始无终的状态,云来云去,风过风起,马上就要过年了。过年,这个词听来都有点可笑了。国内现在正是鞭炮齐鸣市场繁荣的时候呢,单位发东西,家里买东西,小孩吃东西,大人叫嚷减不了肥……

上面的两段笔记,写于刚刚到达德国的时候。在电脑上再次打开这个文件的时候,已经在德国待了两个多月了,再有二十多天就要离开这里了。日子真是快,日子也真是慢;当你幸福的时候它快,当你烦恼的时候它慢。这样的快与慢自己在这两个多月里多次领教,感慨良多。

当春天明确地到来的时候,关于自己在自己的国家里度过的那些春天的记忆纷至沓来,使自己在异国他乡的这种明显要漫长的季节反复状态里的等候或者享受,都失去了些耐心;还是更愿意回到自己所熟悉的环境里、回到自己能够主导自己的生活的状态里去,去看自己想看的书,去会自己想会的朋友,去自己想去的地方,去买自己想买的东西,去与街上随便什么自己想和他说话的人说话。

这是不是和一个固执的老人有些相似之处呢?只是因为一辈子的习惯,就一定要待在家乡,待在自己已经待了快一辈子的地方;任何改变,哪怕那种改变只有几百公里也适应不了。

仅仅是因为他看不见他习惯看见的人了,虽然那些人其实压根就和他没有任何关系;仅仅是因为他不能去他一直去的那些锻炼的场所了,其实现在锻炼的场所比他原来去的那个地方大得多,也美得多。

这样的比拟与判断虽然是自己不大愿意承认的,但是毕竟还是得承认其中合理的成分。这是人的弱点,也是人的特点。习惯经常就是文化本身,文字的习惯、生活的习惯、生活场景的习惯,甚至在这一切之上周围环境的无意义的声音、无意义的形状、无意义的气氛。这是没有什么优劣之分的,只在乎一个习惯本身;人家这里即使再好也不是自己的家,即使再强也和自己没有关系。

　　当他想念自己的环境的时候，他可以将自己在那个环境里的一切不愉快都忘记；可以将自己在那个环境里一切的愤怒和不满都忽略不计。他想到的，就只有那个环境里的好。这样的"固执"，是我们人类信息库里的固有的内容，任何人其实也是无法真正摆脱和否认的。这就是为什么身处海外仿佛比在国内的时候更爱国的原因。只有距离才使人能够回视，只有比较才使人能有所留恋。这是没有行过远路的人，永远无法彻底感受的。

　　因为离开，因为在异国他乡的生活，所以满足了自己在国内的时候很多很多的幻想：对于山外的山、对于国外的国、对于不能使自己平静下来的内心喧嚣与浮躁来说，这样的经历是恰到好处的良药。

　　或者再回去的时候心境就会安稳许多，就能够写一直写不下去的东西，就能够读一直不能读下去的东西。无他，只是因为你从此有了一个背景，一个可以说是全球性的生活背景；你知道了世界另一边的人是怎样生活的，你知道了当你在这样一种状态里的时候人家是一种什么状态。这种知道貌似无关痛痒，其实却大有门道。它使你从此多了一份坦然，少了一份无端的向往；多了一份平静，少了一份无名的烦躁。即使只是想象一下那种状态，也实在是美。

　　古人所言行万里路实际上的意义正在于此。万里，短了的话感触就不会非常明确。只有长了远了，只有特别不一样了，才有更多的体会和意义。行万里路的最本质的意义不是让你离开，而是让你在现在的环境里更上一层楼,使你在自己的土地上看到人生更为广阔和更为贴切的真实。

德国的大年初一

《大悲咒》实际上是平静的,绝对没有它的名字所显示的那种世俗意义上的"悲"。《大悲咒》里面没有悲,只有一种穿透了人间的悲喜的空。那份平静和安详是俗世之中所不多有的。

在这异国他乡的年初一的早晨,它帮助我们进入了这样一种平静。平静不是无喜无悲的,从头到尾都浸透着一种舒适和愉悦,幸福的安静,一种轻松的安详。佛教音乐的独特就在于这种使人空起来的功能,你会因为它而站到自己之外,回过头来审视自己,审视自己的所在与所思,你会在空中微微地笑起来。

儿子去参加德国学校里的"电影之夜"活动去了,要在学校里看三部电影,要和同学们一起吃饭睡觉。这是他有生以来第一次不是和家人而是和别人、和同学们一起睡觉,是第一次参加彻夜的集体活动,兴奋和喜悦还是能盖过对陌生的人种、陌生的程序的怀疑与不安。他回来的时候是个什么样子呢?他会滔滔不绝地说起"电影之夜"里的所有的细节,会津津乐道地讲述自己和同学们在整个过程里的兴奋;会的,他会成功的,参加就是一种成功。

对于一个深入陌生地域的外国人来说,对于异己的文化环境和自然环境的每一次参加、每一次参与都是个人的,甚至是整个家庭的一次成功。

　　初一的早晨，巴特塞京根几乎永远是云与雨的天空里非常少见地充满了阳光。蓝天白云下的阳光，向任何一个角度上看过去，天空里都绝对没有一丝云彩的阳光；这样的阳光下的雪山——不管是对面瑞士的雪山，还是这一边德国的雪山——雪山上的森林，森林之上斑驳的黑与白，还有时时辉映在教堂的钟声里的小镇，都显示出一种古代欧洲的模样。

　　因为是羊年，因为是儿子的本命年，所以在初一这一天燃起了一炷香。这炷香和着《大悲咒》在房子里回旋出了我们怀着喜悦与些许的不安的等待气氛，看见阳光照在刚刚放到了小杯子里的白菜根的嫩叶上，纤维一般的光与叶尖上一滴宝石一般的水相遇了；它们的相遇在某一个角度上，看过去的时候就能恰巧被看见光华四射的灿烂，这种灿烂一闪而过，使我们沾了饺子面的双手在一瞬间里就得到了充足的休息。接着包饺子吧，快十点了，儿子快回来了。

　　十点十分的时候，楼道开始兴奋地震颤，那是急促而无规律的脚步，孩子的脚步；没有规律的脚步就是孩子的脚步，它会兴之所至地较快或者趋缓，然后又突然奔跑起来。

　　以这样的节奏上这栋一层是花店、二层三层都是办公室的楼的孩子，无疑就是我们的儿子了。回来了，妻子一边说着一边动作极快地奔向门口。但是她的动作还是比我慢，还在三楼的楼梯上的儿子已经兴奋地喘着气笑起来了。先看见了我，他马上就问：我妈妈呢？马上就又看见了我身后的妻子的脸，他的笑立刻就更坦然了。

一进门,他叉着腿,喘着气,摘着书包,嘴里前一句后一句地说着话,脸上红红的,眼睛亮亮的。亲了一下,两颊凉凉的。关于昨天电影之夜的前前后后和今天早晨起床的时候的逸闻趣事都被我们一一地追问出来了,尽管在追问还在进行着的时候他就已经去拿他那个小游戏机去了。

去爬山的决定早就做出来了,但是一直到12点,吃过了大年初一的饺子才出发。

步行十几分钟以后,就已经身在山中了。山中的景象我们尽管早有思想准备,但是还是大大出乎意料。雪与松,松与水,哗哗溪水之声与阳光下纷纷坠落的枝上的雪粒,还有野猪、驯鹿都近在咫尺,触手可及。如果比喻一下的话,或者可以勉强地说仿佛置身于冬天的九寨沟。但是九寨沟的树绝对没有这里的高,没有这里的密,这里也绝对没有九寨沟的人流。

顺着林间黑暗的路前进,寒冷使他们娘俩抖抖的,都不由自主地颠着跑起来。在山顶上一个湖泊周围,正在举行马拉松比赛。成年组以后是儿童组,儿童组的笨拙的奔跑获得了更多的鼓励的声音。骑着高头大马的母女,随着优雅的蹄声,从一边走过来,又走过去,身后三十多米高的树林里撒下的一片雪雾使她们亦真亦幻。

在湖边上众多的德国人中间,我们一家三口的出现也算是一个独特的存在了。迎面相遇的时候德国人都会比较礼貌地打个招呼,而孩子们则毫不掩饰地瞪大了眼。

这是一个独特的春节,是一个绝无仅有的大年初一。

在德国的春天里回忆春天

关于春天的回忆一点也不比春天本身差,甚至常常比春天本身还美好。3月23号就是这样一个春天里的日子,是一个春天里回忆春天的日子。

阳光异常明媚了起来,这一点也不奇怪,是季节到了,也是每年这个日子的时候的惯例。不管有多少反常,不管有什么季节滞后,这一天,3月23号,总是要明媚起来的。好像这一天如果不明媚起来,不现出能引动人们的春情的大好天光来,才是彻底的季节伦常的颠倒呢。

而就在昨天,就在昨天最接近今天的傍晚的时候,我一个人在莱茵河边上慢慢地走着的时候,还远远没有现在的景况和感觉。那时候,暗下来的夕阳正映在河面上,对面瑞士的山坡山顶上虽然还没有长多少叶子,但是也依然让人看上一眼就能判断出植被茂盛的、以树枝树干为浓郁的须发的山,在水里留下了一个沉沉的影子,那影子躺在粼粼的水面上,躺在那一层甜蜜而微弱的夕阳的下面。上面,流水汤汤的莱茵河岸边的柳树蒙眬的嫩芽,则闪着微红的光。

更有一种小小的只有隐隐约约的散发着类似于桃花的香气的、细细密密的花树,正在开放着繁复的小白花儿。正是这样的小白花让人自动与记忆里自己国家里的杏花、桃花联系起来,对比着、细品着这不同地域的不同的春花传递的春天的气息的异同。正在这样对比着的时候,水流似乎是突然加了速,遇到倒在河面上的老树的时候,它们在微红的天光的映衬下,速度急急地盘旋了几下,就将一切都抛到身后了。

让人诧异的是,这巴特赛京根小城历史上记录在案的似乎只有一个诗人,这实在是违反了钟灵毓秀的理论了。这么美好的环境,这么没有经受人类毁灭性开发的土地,世世代代为什么就只出了那么一个诗人呢?

是不是大家都更愿意沉浸在自然的享受里,而没有时间费力去表达呢?这一定是原因之一。在这个黄昏的时候,紧紧地挨着莱茵河的一家一户的私人小花园里,年轻的父亲母亲还挥锹在碧绿的草地上劳动着;明亮的黄色复活节花已经在小小的路径边上开放了,它们正和篱笆那一边的、只有一个孤独的老人弯着腰用长长的梯子在老树上剪枝的院子里的复活节花,比着呢。复活节花直接在冰雪刚刚融化的幽暗的湿凉之中开放,告诉人们现在虽然看起来还是冬天,但是春天已经来了,在地下已经有了足够的温暖。

大家都安静而有秩序地沉浸到了诗意里去了,没有必要再去写诗了。诗是匮乏者的向往和表达吧,对于满足者来说,对于时时刻刻都活在诗和画里的人们来说,费那个力气还有什么必要呢?

德国南方的气候有一种阴冷的气氛,寂寞和孤独的味道在原始的山水里十分明显。在人迹罕至的古代这大约是普遍伤感的一个原因,是和今天我们那种因为逐渐少了自然的滋润而产生的干燥与烦躁,对比成了两极的东西。

德国这种阴冷寂寞的状态,从历史绵延到现在,即使到了今天也还在这一片宁静的土地上持续着,让人立刻理解了为什么他们那么渴望阳光，渴望在阳光明媚的中午赤裸裸地躺在无遮无拦的草地上。理解了他们为什么总是那么愿意和狗为伴，走到哪里都要带着狗，带着那同样是寂寞地低着头走路并很少叫的狗。以至所有的公共场所包括道路和商店都要明确地做出标志：是让狗进还是不让狗进，让进就跟着进去，不让进就乖乖地坐在门口。德国人和狗的关系明确地表示着他们作为人的寂寞和作为狗的伴侣的安慰，纯粹到了这种程度的时候，似乎也就走上了另一个极端。

诗画过于纯净的时候就是阴冷。概念性的诗画其实不是我们所需要的，我们需要的是有着众多的人类生活痕迹的诗画，是有着个人的记忆的田园风光，那种似乎并不"纯净"的诗画，才是我们最最魂牵梦绕的东西。因为那里不阴冷，那里充满了家的幸福和民族记忆的温馨。

在德国回忆出来的孔庙

我坐在一尘不染的好空气里，窗外除了偶尔飞过的天鹅的倩影，还会飘进来一点点似乎很遥远的德语。但是我的书写却与眼前的一切完全无关：那还是在北京的冬天。

孔庙在国子监街上，就在国子监的旁边，在现在车水马龙的北京街头，在汽车尾气很重的二环的边上。

站在孔庙的门口，可以望见胡同口上那有异域气息的雍和宫。在等待签证的日子里，在顺利地把申请和护照都递交了进去以后，我步行从三里屯德国使馆走到了孔庙的门口。

二环的人行道非常狭窄，周围的工地和建筑把仅有的一点点空间都占去了。在有街边公园的地方，穿着灰黑两色的老人们凑群说着话。普遍的有街边公园，是首都不同于外省一般地方的又一个优越之处。尽管天气还远远地待在深冬里面，但是在中午已经过了好大一会儿的这个时候，人们还是要出来转一转，看看能不能、有没有享受春天早来的气息的可能。

冬天的阳光下，不容易产生懒洋洋的情绪。但是没有事做、没有事想的日子，懒洋洋又肯定是一种最恰当的状态。那些戴着旧式的制服帽子的老人们在真实的阳光下，靠着回忆、靠着互相之间淡淡的家常话，来支撑着现在。

我过了二环，到了二环里面，沿着小街小巷，在最真实的北京的生活场景里走着。肮脏的垃圾和窘迫的住宅，都露在人们的视野里。最底层的消费和一路之隔的外面的现代化模样，形成了鲜明的对照。

走上国子监街情况就有所不同了，虽然也是胡同，但是这里的胡同是门面，是比二环路更重要的地方。所以干干净净、洋洋气气之类的要求就在每一个角落里被贯彻得非常彻底。古树荫里的街道，在冬天没有叶子的季节里也显得很有规模。同样窄小的人行道上走着背着大书包的学生，他们走走停停、三三两两的样子，是城市里鲜活健康的力量。

孔庙门票是十元。卖票的和检票的显然都有点意外，赶紧接了这个活儿。在下午的这个时候，在离关门下班只有一个小时左右的时候，一般来说就不会再有人进来了。

只要进了门，里面的感觉就为之一变。像是从岸上进了水里，古老的水里。大树石碑、翘角飞檐，还有它们共同营造出来的那种安详而静谧的气氛。两边一溜排开的石碑上都是有清一代的有功名者的名字，所谓进士碑是也。

哪一个现在人们还都知道的名字就会被特别用小牌子标识出来，说：这里就写着刘墉刘罗锅的名字，等等。看这样一些碑是需要时间的，在有时间的前提下还要有耐心，有了时间和耐心还要有一定的知识；你得认识碑上的字，你得知道碑上的那些字所指出的那些人在历史上的事迹。这就难了。这么多条件对于一般的观察者来说，就成了无法逾越的障碍。你的手可以摸到，但是却感觉不到，感觉不到那石头上面人类先民的具体意志。

那是一个仅仅靠着阅读和写作就可以飞黄腾达的时代，是一些到了今天也还能让很多人垂涎欲滴的榜样。他们的业绩都是在中了进士以后才得以实现的，都是因为读书而有了功名做了官以后才施展出来的。一个整个家族里从来没有人在江山开业的时代参与其间的百姓，他在家族意义上的个人空间里的抱负唯有靠着这一条读书与应试的路才有可能实现。

个人在历史中的命运经常是不以人的意志为转移的，在人自己可以左右自己的部分里，除了努力就还是努力；不努力学习就努力攀附，古老的传统社会从来不为不格外努力的生活者创造自我实现的空间，多数人普遍的命运，只有匍匐一途。

在这样空间不大的庙宇里，在这样古树参天的城市角落里，买票进来的最主要的目的其实不应该是观光，而是体会，是有大量的时间的前提下的体会；体会意境，体会在城市园林里回忆人类过去的时光的意境。

孔庙里粗大的柏树上,有些体形比较大的鸟儿起起伏伏地在树与树之间飞起来又落下,落下又飞起来,嘎嘎地叫上几声,撒下一摊体积很小的粪来。它们在城市里无处可去,这里,包括这国子监街,是它们唯一的家园。

孔庙最里面有十三经碑廊,就是把十三经全部内容的石刻放在一起。因为没有廊,就放到了一个类似于大仓库的建筑里。门房里的几个男人在里面大声地说着话,烟气和水汽和京腔的挑音与外面黑洞洞的石碑之林凑成了一种奇异的对照关系,形成了一种自成体系的排他结构,使零星的游客自己都感到了多余。

这柏树和与柏树之间的古建筑,古建筑之间的石碑,石碑之外的人声,构成了一种关于过去、关于过去的自然和人文的标本意义上的角落。这个角落在喧嚣的城市里保持着自己被割裂的安详,并以这种姿态味道十足的安详吸引着人们进来做一时的体会,以及永久的关于体会的回忆。

从孔庙里走出去的时候,大家都已经收拾东西推着车子下班了。放学的孩子也骑着车子进来找家长了,他们要一起回家。那些家长的脸在这要结束一天的工作的时候,终于露出了由衷的笑意;是孩子的到来,是家的召唤使他们恢复了生活中的自然之态。

我很及时地走到街上,在窄窄的路边上的电话亭里给家里打了电话:签证顺利。

那一天下午,我在北京的街道上步行了五个小时。

坐在德国的环境里回忆中国的事情,别有一份安详和从容,一份在国内的时候很难找到的细致和耐心。列出几个国内游历过的地方的题目，即使什么也不写的时候，心里就已经觉得很温暖了。写作这样的题目的过程就是重温，就是将喧嚣里的过去再过一遍。

也似乎只有在德国南方的这个小镇上，在远离一切于这里所书写的内容的时候，文字才变得突然有了意趣，没有拘束、不受压制，自由地翱翔起来。当然，这种翱翔里是有在异国他乡的寂寞里寻找自己的精神家园的味道的。

人就是这么没有出息，好不容易有了这样一个梦寐以求的身在异国的机会，却偏偏又要用来回忆国内的过去。这再次说明，也实在是只有那刻满了自己的文化背景的游历才是有根的游历啊。那是自己的生活状态，是自己的生活状态开始之前和结束之后都永恒着的文化。自己只是那文化的长河里的一个片段的游历者，浸满了所来与所往、过去与现在、现在与未来的生生死死与哀哀乐乐。在那样的人生里，你才是自由的，即使忍受着很多很多大家一直抱怨着的不理想。

篇外篇

德国人的"SICHER"

刚来德国的时候就听说了"SICHER IST SICHER"是德国人的非常有特点的民族精神之一。"SICHER"字面上的意思是"安全，可靠，确定"，那么这句直译是"安全可靠是安全可靠"或者"确定是确定"的话，是什么意思呢？当时百思不得其解，在德国生活的日子多了，才渐渐明白：大约（"大约"这个词很不德国，很不"SICHER"啊）就是"特别安全，特别可靠，特别确定"的意思。只要稍加留意，就可以在德国人的生活中看到了很多活生生的例子。

德国家庭中，备用的垃圾袋总是放在垃圾桶里面，也就是现在正用着的垃圾袋的下面。这是一种专业的放法。想一想是非常合理而恰当的，因为垃圾袋毕竟是垃圾袋，虽然还没有用过，但是放在外面总还是有点有碍观瞻的意思的，放在看不见的地方又容易忘记，到用的时候找不到，一手拿着垃圾一手去找袋，就有点儿狼狈了。

最恰当的位置就是这现有的垃圾袋的下面了，因为用完了这个垃圾袋才会用到新的，而新的就在这个的下面，把这个收走，新的自然就呈现了出来。这就是专业手法，最方便最自然最"SICHER"。

德国人领着狗散步的时候，在前后都没有人的情况下，就可以松开手里的绳锁，在远远地觉察到身后身前有人过来的时候马上把那绳牵起来，甚至还需要把手拉绳子的位置放到狗脖子上，紧紧地抓住，防止它突然冲出去，伤到行人。而行人在经过的一瞬间里一般也会为狗主人的这种礼貌行为点头致意，因为这么牵住狗的人会一直注视着你经过的。

领着狗散步的人遇到同样也领着狗散步的人，两只狗通常会互相叫几声，身体还有向前冲的姿势，这时候狗主人就会立刻呵斥，呵斥不是一般的骂人的话，而是拉长的声音叫狗的名字。狗的名字一般也就是人会用到的名字，拉长了声音叫出来的时候跟叫孩子没有什么两样。于是乎在两边几乎同时的对于孩子的拉长了声音的带有责备意思的召唤里，两条狗也就不得不重归于安静了。

另外，经常有狗被领着散步的地段会在路边安排些狗屎箱，箱子边上挂着一摞黑色的狗屎袋。

"SICHER"的德国人，不仅是出去散步的时候一定带着伞（当然，这也是德国雨水多，环境良性循环的好例子），骑车的时候一定要戴上安全帽（即使很小很小的孩子在骑没有脚蹬只是两脚着地的小车子的时候也戴），每个桥头栏杆上还都有救生圈。

复活节篝火晚会开始之前，也早就把消防水龙头和消防水管牢牢地接上了；水管的另一头就在那篝火边上，随时只要一拧开关，巨大的水流就能在第一时间喷出。这样的晚会不论规模如何，只要是公共的，任何人都可以参加的，就会有全副武装的消防队员和同样全副武装的警察在场。尽管大多数时候他们也只是站在那里说话，但是在场是工作，也是义务，是对所有最坏的不测事件的预防。就像带着伞不一定会有雨一样，消防队员十次也基本上是九点九九次派不上用场的。

开会需要提前至少一个月预定，即使是一个十几个人的小会也是如此，超过了这个界限，无论如何也不再允许参加这个会了，甚至是这个会因为人太少几乎开不起来的情况下也不例外。这就意味着，德国人的会都是"处心积虑"、预谋已久的，绝对不可能是灵机一动的临时行为。事实上，他们在头一年甚至头两年就已经把后面一两年内要开的会都给规划好了，印到了宣传单上，早早地就做预告了。至于这期间可能的变化或者新的足以添加别的会议或者取消既定会议的事件信息，则一般不在考虑之内。

十字路口上，在正在放行的方向上总是先把行人的绿灯转成红灯，让汽车还在通行的时候就把行人的通行制止了。因为行人的速度慢，一旦和汽车道上的灯一起变化的话，他们的反应也慢，就有可能被别的将要放行的车道上的车碰到。不仅如此，十字路口还总是有那么一个时刻是四个方向都是红灯的，也就是说任何一个方向的车辆都有一个同时静止的时刻。这个时刻是一种非常必要的调节，让可能发生的冲抢行为都不得不抑制，让还没有完全通过的车辆、行人有一个最后的加快速度的时间，既让速度慢的车辆、行人安全通过，也防止了因为跃跃欲试而出现的那种千分之一秒式的争夺——因为红灯完了并非马上就是绿灯，你不能马上去抢。

骑车者都把右脚的裤腿挽起来,可以避免裤脚缠进链条里,或者蹭上油污。德国人的挽裤脚是很"SICHER"的,只要骑车,甚至即使是冬天也照挽,露出德国人从来不穿秋裤的一截毫无遮拦的小腿;就这么挽着露着,就可以进商店买东西。自己坦然,更无人以为怪。也有不挽的,那就弄一副颜色通常会比较鲜艳并且具有荧光功能的束脚带,把两个裤腿都系住。系的方式只是一按即可,因为那带子一头是毛边一头是绒胶,这大约相当于中国过去的绑腿的那种效果,不过要比绑腿简单得多、方便得多,也时髦得多。

现在这样的方式随着骑行爱好者的广泛使用,也已经为国人接受了。不过还是仅限于骑行爱好者,一般的骑车民众中还是少有使用。

在德国的外国人有我行我素,从来不在裤腿上下功夫的;也有入乡随俗效而仿之的,不过常常不是很到位。比如等红灯的时候我注意到旁边一个也骑着车的印度人,他的裤腿儿是塞在两只拽上来的袜子里的。虽然干什么就绝对就要用什么专门的工具的德国人绝对不会这么凑合,但是这位印度兄弟也算是在精神上学到了德国人的很"SICHER"的实用主义精神吧。

当然不管如何"SICHER",还是不能杜绝防不胜防的事故与不幸的。2006年的高速列车出轨事故震惊世界,而路边上并不罕见的纪念车祸中的遇难者的十字架、鲜花和长明灯,无疑大多也都是因为不"SICHER"造成的。

不过,在人类这个不可能完全安全的世界上,德国人的防范与规避,应该说都已经做到了堪称典范的程度;甚至都有点"过"了!而这就涉及"SICHER"的另一种解释:按部就班,循规蹈矩,绝对不逾矩;一切都只管按照在被教育的时候被灌输来的时间、地点和事件进程来重复,绝不逾雷池半步,而几乎不考虑为什么不能越其半步,更不会尝试稍微破坏一下规矩的可能的后果。是真正地落实到行动上的螺丝钉精神、战士精神。是只管低头拉车不管抬头看路式的纯粹的功能主义、技术主义。

这种精神让有着灵活随意甚至散漫的习惯的民族产生的第一反应是嘲笑,善意的嘲笑;有意思的是,在嘲笑的同时也很容易让他们肃然起敬。

就生活安全可靠、社会规律运转或者生产质量而言,"SICHER"精神实在是人类最优秀的品质了。不过就其他而言却未必是好事,尤其是在为人处事上,一切尽在提前很多的计划之中,稍有计划之外的东西就先起了拒绝之意,变通与贯通融会的精神太过缺乏,就像即使在听你说闲话、笑话的时候,也直直地眨也不眨一下的仿佛没有上眼皮的眼睛一样。一些事情过于认真了,便容易有几分无趣。

一个民族有一个民族的特点,一个民族有一个民族的问题。问题自不必说,即使是优点,也有其反向的一面。交流融合,取长补短,确实可算是最有效的修正之道吧。当然,这或者会是世界化的趋势发展到相当的程度的时候就不必再刻意为之的事情了。接触就是影响,共事就是修正,"在一起"很可能就算是潜在优化了。

追踪黑塞的足迹

　　追踪黑塞的足迹，是自己去德国的一大任务，发自肺腑的任务。因为对黑塞的文字的喜爱而对黑塞的人生轨迹感兴趣，对于他在什么样的地理环境中写下的那些文字尤其有着强烈而执着的探究心理。

　　从2003年第一次到德国的时候去博登湖畔的康斯坦斯的经历开始，追踪黑塞的足迹的历程就一直伴随着自己。那一年的3月8日，带着不满12岁的儿子乘坐火车辗转而至德国最边沿上的康斯坦斯火车站。早春还十分寒凉的空气中，古老的城市、窄窄的街道和蔚蓝的天空下浩瀚的湖水，都给人留下了深刻的印象。站在跨越湖边莱茵河离开湖泊重新形成河道的最初的河口的大桥上，桥下的流水之中有大鱼的身影自由地遨游。岸上的树行，是那种经过反复去冠而在树梢上形成了许多疙瘩似的树瘤的梧桐树，那时节它们还都在孕育着萌芽的冬眠初醒的阶段，只有稀疏的树枝的影子在明媚的阳光下投射到地面上。

　　博登湖湖边，港口上栈桥通向湖水之中，栈桥尽头的湖水里立着一根柱子，柱子上的女神举着火炬的雕像会随着时间转圈。她转圈的动作，成为无数默默在湖边遥望风景的人自觉不自觉的目光聚焦之处，大家就在她一圈一圈的转动中，享受着生命中这安详沉静的段落。

　　环湖的森林中倒下的大树树干上青苔斑驳，森林的小径遇到倒树就很自然地绕开，一如原始森林中的景象。这种设计让自己和儿子非常惊喜，上上下下在那里玩了好一会儿。这穿越森林的小径将面对湖水的一户户人家的后院外的临湖部分串联起来，在雨后天晴的时候，每家的门都打开了，男女老少都走出来，沿着参差的湖岸散步和遥望，遥望浩渺的湖水和湖水那边高高的阿尔卑斯雪山的山顶。这里所形成的高原湖泊的景观，在欧洲是唯一的，是上帝赐予这块得天独厚的土地上的又一个明珠。在这样的地方的日常生活，不仅舒适而且具有自然而然的神性。黑塞选择这样的地方作为人生之路上第一个定居之地，已经显示了其内在的心性的倾向：投身自然，投身人之为人的神性的崇高。

莱茵河从阿尔卑斯山上下来，流经博登湖，在向着德国广袤的境内开始自己近千公里的行程伊始，岸边上有一个小小的村庄，叫作盖恩霍夫。在盖恩霍夫村边上，临着河水十几米的地方，有一栋如今被命名为"黑塞屋"的普通民居。这里是黑塞写作成名之后，有了最初的稿费收入后所做的第一件大事——和妻子一起寻找的理想居所。他们先租后建，在这里安下了家。黑塞的大量作品都写于这个莱茵河边的桃源之境。他的写作和家庭生活都从此真正开始，写出一系列作品，生了几个孩子。他将很多无用的书铺成从家门口到河边的甬路的事情也发生在这里。那些精装而庸俗的书，都成了他脚下连接天地自然的方便路径。这件事的象征意味十分浓厚，不经意地暴露了他超拔于尘世之上的高企的精神性。

他在这远离尘嚣的地方的隐居生活充满了诗情画意，实现了"诗意栖居"的几乎所有要求。直到有一天他突然觉着自己一定要出行，要到全世界范围里去旅行；加上夫妻关系出现了变化，才慢慢放弃了这个家。几年之后他最终选择了可以从盖恩霍夫仰望到的瑞士阿尔卑斯山山顶上的堤契诺地区。

堤契诺在阿尔卑斯山区，距离莱茵河发源地很近。黑塞当年从阿尔卑斯山下的博登湖边的第一处居所，到最后隐居于堤契诺山区，实际上是可以用莱茵河串起来的。巧合的是，黑塞早期作为书店学徒的生活与早期创作时期所在的瑞士的巴塞尔，也是莱茵河上的一个著名城市。莱茵河水一直哺育着诗人的身心，一直是他视野里的巨大的自然存在。巴塞尔的山水之间，是黑塞真正迈上创作之路的地方。他所居住的古老的屋宇的木窗外的滚滚的河水，是他人生和创作所面对的最直接的自然意象。

在几年之间自己断断续续地探访、走过了这些黑塞曾经居住过的地方之后，感觉最让人魂牵梦绕的当然还是黑塞的故乡卡尔夫。

有机会到德国，心里一件很大的愿望就是去黑塞的故乡走一走，去实地感受一下作家在作品中反复提到的那个黑森林中的小镇的风采和味道。这个强烈的愿望终于在2006年再次到达德国将近两个月以后的九月中旬有机会实现了。

黑塞的故乡，在黑森林中的山中小镇卡尔夫（CALW）。卡尔夫在卡尔斯鲁厄与斯图加特之间稍靠南一点儿的位置上，在黑森林中。从卡尔斯鲁厄转上城郊列车以后，车厢里居然很拥挤。带着大包小包的人不少，很多人面孔上洋溢着一股平原上的人们很少有的微红的笑意；因为地方小熟人多，所以互相说得面酣耳赤的人比比皆是，气氛中有一股典型的德国冷静肃穆气氛中所不具备的热烈的味道。

这在德国的火车乘车经验中是十分罕见的，除了球迷大规模转场的时候会有类似的情况外，一般很少出现。因为是周末，乘车的人多；也因为这里的特殊地形，使人们将乘坐快捷方便的火车作为出行的首选交通方式，开车的少。这里的地形是在德国比较罕见的山地，是一片面积广大的山谷纵横而山林茂密的所在。火车经常是行驶在半山腰上的，也经常是在森林之间穿行着的。

火车在到达卡尔夫之前人就基本上下光了，到站以后整个站台上也不过留下了几个人。更让人惊讶的是，居然需要乘坐垂直的电梯从这位于山坡高处的站台上下去，才能进入城中。也就是说，城实际上完全在山谷里。山谷里的城，没有平原城市中那种挥之不去的天籁一样的喧嚣，似乎始终能听见流水声，能听见自己的脚步在石头路面上清晰地踏步声响。亘古以来的安静在这山谷里由密集而高大的石头房子组成的小镇里，深邃而庞大地弥漫着。

找到了一家家庭旅馆住下，迫不及待地摸着黑在古城里走了走，终于还是因为一切都很朦胧而决定把深入的探寻留在第二天天亮以后，以期获得更加清晰的印象。躺在床上，想象几十年前，黑塞也曾经在这里、在附近的他的祖居里呼吸过应该是同样的空气，人就变得异常兴奋；这样的兴奋一点也没有妨碍自己很快就被清新的森林与山谷气息裹胁着进入香甜的梦中。第二天早晨起来，开始转整个阒无人迹的小城。桁架结构的黑塞故居还没有开门，我们已经将整个小镇的角角落落甚至是穿过小镇的小河上游的森林中的位置，都走了一个遍了。

黑塞的真人身高的塑像就立在跨越穿过小镇的小河的桥上。

他摘掉帽子，侧着身对着让人魂牵梦绕的故乡，对着来往于桥上的小镇上的后人。不远处的石头房子的侧墙上，用浮雕的形式将黑塞关于故乡的一段话高高地悬挂在了故乡的街头。那句话的意思是：我曾经走到过世界上很多很多地方，如果有人问我哪里最美，最美的地方无疑就是我的故乡卡尔夫了……

这个雕塑和这段语录很有一点旅游设施的味道，不过对于一个作家和自己的故乡的关系的诠释也是恰到好处的，很直观但是并不过分。他在作品中多次描述过的家与学校之间的石头路径，小巷深处的裁缝店，村外小河边上牧归者清洗农具和双手的大树下的浅滩，似乎都还能寻到旧日的痕迹。不唯作品内外关于故乡的只言片语，或者直接以故乡为原型的作品，甚至可以说弥漫在他作品里的总的气质，你都可以清晰地在今天的卡尔夫小镇里充分地感觉到。安静、安详、悠远、悠然，青春期强烈的走出山外去的愿望与成年以后同样强烈的回归故里的渴望，都可以在你现在在卡尔夫的现场的漫步里、呼吸里，慢慢被体会到。安详、沉静、高远、浩然，虽然是山谷森林中的小天地，但是一点都不狭隘和压抑，每一种被保护得一如原始状态的自然植被都与整个宇宙直接相通相连，让人非常自然地就可以进入"心事浩茫连广宇"的无垠的开阔中去。这种童年的生长环境里的自然品质，显然被黑塞成名以后寻找理想居所的一系列选择中，作为始终不变的一个重要条件来坚持着。

德国保存良好的建筑和村庄格局，总是能保持几百年不变，让历史永远地沉淀在眼前；一旦有作家、画家、艺术家曾经表现过既往岁月里的环境，这环境就不仅留在作品中，更可以在后世的现实里近于永恒地存在。

　　黑塞故居现在是黑塞博物馆,人虽然不是很多,总是还有一些游客,一些学生模样的人,一些慕名而来的外国人。黑塞的手稿、信件、照片、用具、衣服,他的画,当然最多的是他的书,他自己写的书,在这栋古老的别墅建筑里的各个房间中均匀地展开,一件一件被安放在玻璃罩子后面,让人距离他书中所营造的那个世界达到了最近最近的距离。这些作家各个人生阶段中的实物固然是可以让我们想象他出发的基点,而整个故居建筑和建筑之外的整个卡尔夫的环境则就更是他笔下的世界本身了。我从到达卡尔夫那一刻开始实际上就已经浸淫到了黑塞的氛围里了。

　　作为一个诗人、画家和小说家的黑塞是一个独特的存在:纵情山水,耽于自然,将人生的际遇与天空的阴晴、大地的起伏、动物的腾跃、植物的姿态联系起来,与造化同参阴阳,于山岳徒步或溯水旅行之中讲述心灵与自然契合的故事,将现世的风雨与通灵的诘问作诗意的联结。当然,这其实是源于他作为一个人的独特性的。生于1877年的这位德裔瑞士籍作家,即使在德国、瑞士那样一片堪称欧洲之肺、人间天堂的自然环境里也依然还是很挑剔地多次选择居住地,躲避喧嚣,寻找自然之中的至美。从施瓦本地区的森林到莱茵河边的瑞士名城,从烟波荡漾的博登湖到雪峰皑皑的阿尔卑斯村落,他的生活的经历就是居住地点的选择经历,而每一次长则几十年短则几年的选择都为他的创作带来了巨大的影响。日月山川、河流湖泊、森林雪山、晨昏暮晓,并非单纯以背景的方式出现在他的作品中,而总是能和小说人物的心志追求与灵魂感应相辅相成,共同成为故事的主角。

黑塞是一个拒绝一切尘世纷扰的人,他从来不参加任何团体或者组织,从来没有担任过正式的公职,不接受国家艺术院院士的头衔,甚至连诺贝尔奖也不去领(当然并不失礼貌地写去了答谢辞)。他将自己的创作视为个人的精神追索,与现世的名誉和金钱没有任何关系。他在一封信中说:"我为自己提出的辩护是我必须维护我的独立性,不从属于任何党派和组织,必须与人隔离,做一个独行者,我的作品成就于孤独和宁静中,而最终它们属于所有的人。"

他在《美丽的青春》里这样写道:

> 夜间在旷野里行走,头顶沉默的苍穹,脚旁一条静静流淌的溪水,这始终具有神秘色彩而扣人心弦。这种时刻我们就更趋近我们的本源。感到跟动物和植物沾亲带故,有一种朦胧回忆起史前时代的感觉。那时还没盖房屋建城市,无家可归四处漫游的人类可以将森林、江河和山脉、狼和苍鹰或爱之如同类、朋友,或恨之如死敌。夜使通常的那种公共生活的情感变得淡漠起来;当灯火熄灭,万籁俱寂的时候,那位也许还醒着不眠的人便有一种孤独之感,顿觉自己脱离公众、无所依傍。于是,命中注定要形影孤单,要过孤独的生活,要一个人独自忍受痛苦、恐惧和死亡,这样一种人世间最可怕的情感便会时时萦绕心头。这给健康的男孩心灵上投上一层阴影,是一种警告,身体虚弱的人则会感到胆战心惊。

这样的文字使他的作品在艺术的纯粹性上胜过了后世大量也以小说名义出之的东西,他的小说更接近于诗、更接近于画、更接近于音乐。

黑塞超拔的生命历程和创作是和他个人的信念相关的,他以为人生的价值就在于按照自己的自然意志生活,人要承担自己的命运,而文学和艺术的功能就在于将人的最内在的生命区域表达出来。那些区域是一切源于政治(现实的功利主义)和带着政治印记的因素达不到的地方。无论是《彼德·卡门青特》《荒原狼》《纳尔齐斯与歌尔德蒙》,还是《在轮下》《玻璃球游戏》,他的作品里始终贯彻着这样一种信念,也正是这种信念奠定了他的作品历久弥香的基础。黑塞的作品跨越国界,洞穿历史,成为不同国家不同种族的人类成员百年来持久的精神食粮,将小说这种艺术形式作为心灵史的审美价值发展到了巅峰。他的远离尘嚣,他的甘于寂寞,他的拒绝庸俗,他作为一个真正的艺术家的坚硬自然的品质,都成了令那些一味追名逐利、逢迎权势的所谓作家们汗颜和仰止之在。

在卡尔夫古老而起伏的街道上漫步,恍惚能望见黑塞小说中那个被大孩子欺负而不敢去上学的小孩子的身影;在村口的溪流与森林之畔,又分明能看到年轻的主人公在一瞥之间遭遇爱情的场景。通向山外的路,黑塞一定是来来回回走过很多次的;故居门前的台阶上,也一定是在很多年里都曾经反复出现过他的身影的。卡尔夫洒满了黑塞的痕迹,黑塞念念不忘的家乡卡尔夫也将自己这优秀的儿子的一切都永远地留在了这百年来变化很小的建筑与街道格局之间了。两侧山谷上的黑森林,黑森林下的村庄,村庄中的广场,广场上的老树,老树周围的店铺,店铺延续着的鳞次栉比的山村建筑,每一样物象上都有黑塞的影子,都有他的音容笑容,都有他永恒的文字所缔造的丰富意象。

对于黑塞这样以自然为描摹对象、以自己的生命历程为始终如一的写作题材的作家来说,对其进行文学地理学的家乡探索、足迹再访问,是具有不可替代的意义的。我们不仅可以从中梳理出文学研究角度上的价值,更能设身处地地将人生在环境中的感受力做将心比心的模拟,从而获得对于自己人生的启发。

将所有的大街小巷都慢慢地逡巡着走了一遍以后,静静地在广场上坐了许久才依依不舍地离开卡尔夫,离开卡尔夫动身去黑森林山中更深处的毛尔布隆修道院。那里是黑塞上学的地方,也是他青春期中发生精神剧烈痛苦的第一个地点。

乘坐从公路边上骤然开始上升的电梯,上到火车站里。在自动售票机里买了又一张周末票,看了看张贴在广告栏里的列车时刻表,确定了站台号和位置,和另外两三个人一起等着那棕红色的火车飞驰而至。离开卡尔夫,火车从启动到猛然的快速之间过渡得非常短暂,很像是德国老妇人开车的风格。高速、准确,乍起乍停,几乎没有中间的和缓的逐渐加减的过程。它在半山腰的森林里斜着肩膀绕着山走,隔着深深的山谷,对面的山峦森林和村庄掩映着的教堂高耸的尖顶一再地掠过。一个一个小站就在这半山腰的水平面上被到达了,下去几个人上来几个人,甚至是既无下者也无上者,停一下马上就又走了。村庄陷在深深的山谷里,或者匍匐在山坡上,在铁路的上下两边展开。一家一户的两三层的独栋小楼与前后院子里的花花草草和果树,始终吸引着自己贪婪的目光。

终于到了一个稍微大一点的站,上来一伙小学生,一个一个都眉飞色舞、张牙舞爪,处于一种完全没有自控的玩耍状态。老师不停地用自己低低的声音呵止他们实在过分了的举止或声响。对于我们这些已经坐在车里的外国人,他们一点儿都不掩饰自己的好奇,打招呼以后一味地盯着看,看得人不禁就笑起来;这一下他们就更兴奋了。当知道我们是中国人的时候马上蜂拥着一个小姑娘把她推了出来,大声嚷嚷着说:她也是中国人!那是一个有着明确的亚洲的特征的纤细的女孩儿,目光里有一种德国孩子所没有的中国传统文化培养出来的畏葸与谨慎。显然是她已经过早地意识到了自己的中国背景,意识到了自己与周围的孩子的不同。朦胧的感觉使她意识到自己家庭的历史与别的家庭是不一样的,一定有着神秘而遥远的异国他乡的特殊性。而到底那里是异国他乡还是这里是异国他乡,这个复杂的问题显然还是她这个年龄所不能理解的。于是用中文与她说话,她想了想,回答得很纯正。妈妈是中国人,爸爸是德国人。从小就在家里说着两种语言长大。一如她的面貌,既有中国的元素,也有德国的成分。坐在这一大片德国孩子里就显示出自己中国特征来。看到我们这些和她妈妈有着一样的种族特征的人,不知道小姑娘的心理上是一种什么样的状态,亲切抑或一种微妙的压迫或恐惧?对于这种非常明确地让她意识到自己不同于周围的孩子的事件,她还不懂得拒绝,但并不意味着接受起来就没有障碍!

火车明显减了速,这一回没有猛刹猛起,有一个明确而舒缓的停下来的过程。因为前面已经再没有铁轨了,毛尔布隆是这铁路的终点。火车站原来的房子前面长着高高的茅草，早就废弃了。火车直接停到了没有站台的运行铁轨上，车厢离坑洼的地面很远，下车的时候需要探着脚跳跃一下。修道院就在火车线下面，在村庄的上面。照例不要门票，游人随意出入。门前的小石桥，下面的青藤与横生的高草都让人恍惚感觉，其中流淌着的依然是几百几千年前的溪水。

毛尔布隆修道院那些高大而昏暗的墙壁里面的阴沉，给人留下了很深的印象。院子周围的墙壁是高大的，像城墙；屋子也因为格外尖高而显得空荡荡的幽深可怖。所有墙壁的外墙的缝隙里都长着草，甚至是小树。没有缝隙的地方则就着洇湿黑暗的石头面长了一层厚厚的青苔。那些洇湿的黑色与青苔的绿色交错起来，构成了一些庞大而恐怖的画面，仿佛就是这修道院几百年上千年的历史最直接的诉说或映像。让人看了一眼以后就不大敢看第二眼，但又无法拒绝什么巨大的诱惑一般地强迫自己再去看，看那上面是不是会在下一个瞬间里突然将古人宽袍大袖的幽禁生活场景给呈现了出来。

荷尔德林、黑塞，都在这里上过学。一两百年过去，算得上是这里两个最著名的学生了。

黑塞因为无法忍受这里阴暗的压抑而最终退学，荷尔德林则靠着完全走进自己的内心，而抵抗着这种中世纪的沉闷与窒息。从游览的角度来看，现代人从过于喧嚣了的生活状态中走出来，置身于这个虽然封闭却也安详的古朴所在，对比意味上的放松感就油然而生了。是啊，当这修道院被使用着的时候，相信那并不宽大的门是关得紧紧的，学员们的天地是被严格限制了的；绝对不会有现在的这种任何一个来自世界各地的人都自由出入的轻松与开放。那时候这座巨大的石头院落更接近于监狱,今天则因为被公开展览而成了大家漫步的公园。不过这里的宗教功能并没有完全丧失,从高大如谷仓的圆锥形建筑的高高的小窗里还在飘出管风琴伴奏的诗唱之声。回旋的悠扬与庄严,与整个修道院的建筑气氛贴和而融洽。毛尔布隆修道院的最核心区域,也就是高大的带有走廊性质的房子后面的更深一层的院落是关闭着的。要进去需要买票,对于已经习惯了到任何一个景点都不需要买票的游客来说,肯花钱买票进去的不多;更多的人是隔着粗大的栅栏向里面张望张望就做了罢。其实也正是这样的一个张望的空间的安排,才使修道院的神秘感得以永久在游客的心中保留。

城墙的一个角落是能上去的,顺着陡峭的木梯,穿过几道窄小的门,终于到了大墙上的步道上以后你会发现,对于有着在国内的城墙与长城上行走经验的中国人来说,这里显得过于狭窄了,对面来人都需要双方侧身才能互相勉强通过。不过这种出之自然的对比实际上是没有意义的,这里的墙基本上不具有抵御外敌大规模入侵的功能,它承担的不过是隔绝的责任。让尘世与精神场所有一条明确的分界,不可逾越的分界。

追踪黑塞的足迹的内心任务看来还需要另外一次或者几次的欧洲行来继续进行,盖恩霍夫、堤契诺都将是心仪已久之地;而再次前往巴塞尔、卡尔夫、毛尔布隆修道院也未为不可。对着黑塞的作品,对照他的文字的细节,在现实的物象里去追寻历史的痕迹,从而生发对今天人生的镜鉴与启示,不单有意义而且很美,很美。

跋

2003年我第一次到德国，也是个人生命历程中第一次出国。1月22日到4月15日，我和妻子、儿子，在德国南部的莱茵河边的小城巴特塞京根，一起生活了将近三个月的时间。

在这三个月里，我有很多第一次：第一次出国，第一次坐飞机，第一次坐德国的火车，第一次看到莱茵河，第一次进教堂，第一次看到真正的森林，第一次骑车在德国的原野上驰骋……总的来说，是第一次睁开眼睛看外面的世界，不同于中国的世界。

这对自己形成的冲击是巨大的，是焕然一新又颇多感慨的，不论是吃住行还是人文社会与自然风景，都令人惊喜、震撼。其间写下的文字，一直在电脑里放了很多年，很多年以后现在才慢慢开始整理出来。

一段生活，一段早已经结束的生活，被自己当时的笔记这样恢复出来的时候，还是很有几分让自己惊讶的成分的：如果不是这些确凿的文字，当时的很多细节就都已经随风而去矣。

诸多当年生活的细节，就个人与亲人的成长来说，都已经成为过去时，但是放在如今的自然环境和社会环境下，放在越来越普遍焦灼的人生状态中，不仅不过时，而且更有了别一番滋味。那些对于山川河流、人物社会的最初的感觉，虽然未免不丰富，却也鲜活。其中孩子在德国上学的过程，两种语言文化对孩子形成的冲击，既是自己亲子关系中珍贵的记忆，也对如今小留学生们面对外面的世界的时候的问题，或有裨益。而我个人对全新的世界里的自然、异国他乡的人，以及人与自然相处的方式的感受和认知，更有一种醍醐灌顶般的惊喜的难忘之感。而与此同时，一个早已经习惯了在自己的民族语言的氛围里生活和写作的人，在另一种异质的语言文化圈里异质感也是非常清晰的。

　　本着事无巨细、有感而发的基本原则，按照原来的笔记的脉络整理出来的这些文字，或有旧记录的痕迹，但也唯有记录之中才会逐渐呈现出相应的感慨。当然，整理的时候还是要尽量删削掉不必的琐屑的，好读也是必须要照顾到的一个重要原则。

　　以当年的或者直观的感受甚至不无草率的态度随时记录下来的生活细节，现在这样用时过境迁以后的眼光审视着的时候，已经难免有诸多幼稚甚至难堪，也有了不符合当今语境要求的"出格"之处，整理和归纳是必须的，删削和裁剪也是必然的。

　　不过其中的心境与心得，却都是真切而不可替代的；那些在异域的山水人文之中所体会到的自然审美与人生审美的片段与瞬间，也都是自己与自然、与自己的家庭成员之间爱与美的关系的永恒画面。而回望使人更加确信，这些貌似"无用"的审美的情境与意趣，恰恰是生命中最深刻、最有价值的意蕴所在。

　　对于人类来说，永恒的是一代代人的成长，是一代代人在成长过程中的喜怒哀乐；这期间如果有那么一些审美的时刻，一些洋溢了融融之乐的时刻，那对于我们自己的人生乃至更多的人的人生，也便生成了或多或少的意味。正是这样的意味使我们在彼时的当下感到了生的愉悦，在事后有了追忆的凭据。

每个人都会向往好的生活境遇、好的生活环境，但是逐渐我们就会明白，不论生活在任何境遇、任何环境之中，哪怕是没有能到更好的境遇、更好的环境中去，我们也依然可以在身边寻找到可能是只属于我们自己的欢欣。当我们表达了这样的欢欣的时候，就有可能寻找到有同感的其他人；从而生成哪怕只属于当下与当地的生命意义。

这是从具体的记述中抽身出来、并不一味自我鼓励地回看的时候，可能会有的一点点欣慰吧。

在今天生活环境拥塞、雾霾挥之不去的状态下，让人意想不到的是，德国也已经发生了很大的变化。难民危机持续发酵，原来那个沉静、安稳、夜不闭户、路不拾遗的地方，竟然也已经乱了起来。没有想到，自己当年的记录无意中留下了它最美好的时候的画像，至少是那个好时候的部分情状。从这个意义上，这些零碎而忠实的记录，在为我们的生活提供了对比的对象和发展的目标的同时，也无意中为他们的过去留了影，为今天提供了对照。

这完全是始料未及的，人类追求幸福生活，建设普遍幸福的社会的道路实在是太过坎坷；即便是接近了，却又很难长期保持。因为只有某些国家和一小部分人的实现，的确不是真的实现，其易碎性实在太出乎意料。我在那样的时间、那样的地点，蜻蜓点水一般的掠过那片土地，记录下可以称为历史上都最值得记录的幸福状态，真是三生有幸！

感谢本书的责编和美编的孜孜矻矻,感谢封面和内文设计的巧思与用心,感谢老友南哲民兄高瞻远瞩、洞幽烛微的序言。

本书为我三册德国系列图书中的一册,另外两册分别是《德国四季》和《沿着莱茵河的骑行》。